Anything
mankind can
imagine,
mankind can do.

人工智能真的来了

杨澜 著

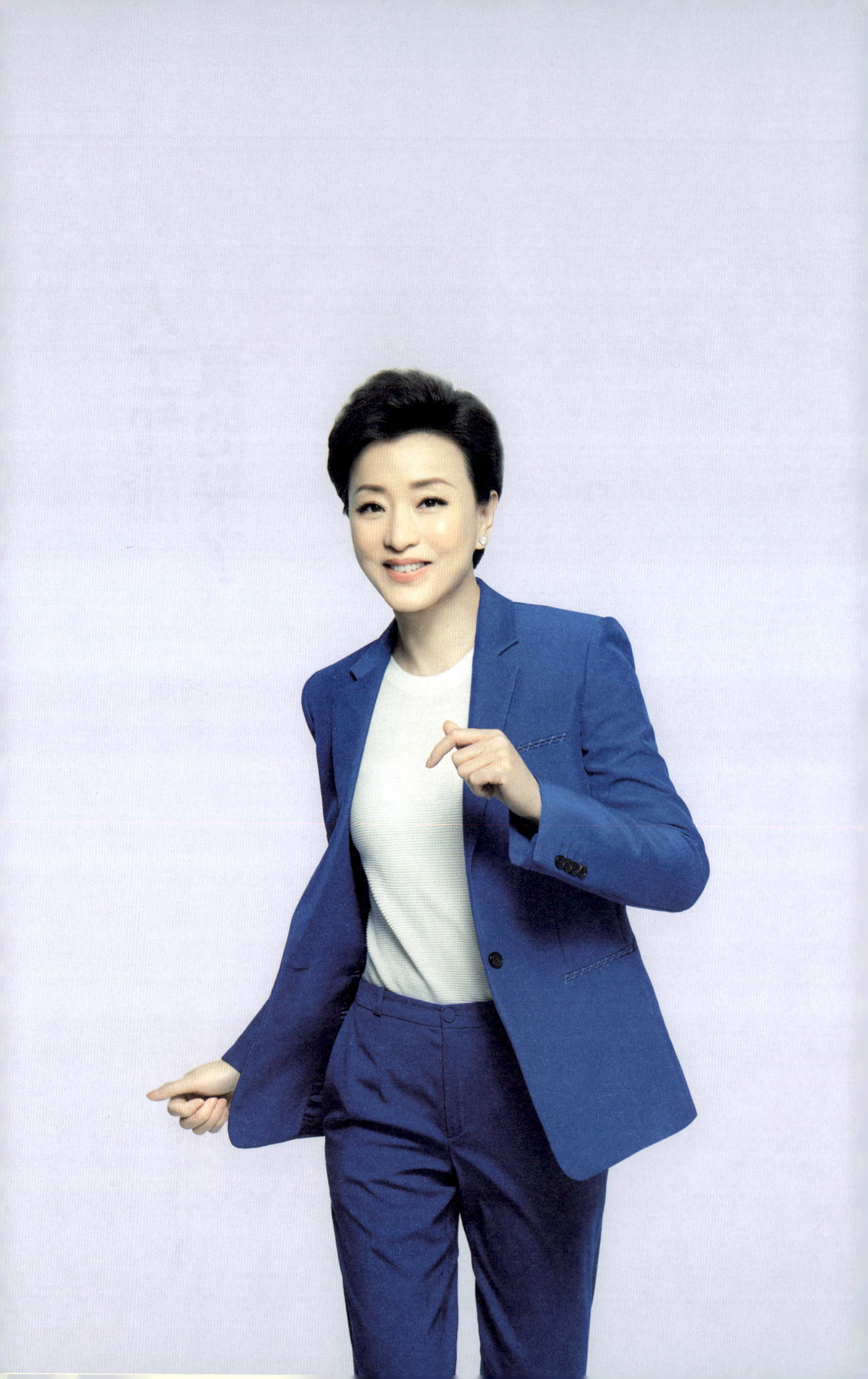

目录
Contents

序言 / 李飞飞　　　　　　　　　　　　　008
引言：一个文科生的人工智能之旅　　　　012

Chapter 01　机器会思考吗？

每个人都应该知道阿兰·图灵　　　　　　028
了不起的Watson　　　　　　　　　　　　040
　Watson的跨界亮相　　　　　　　　　　047
深度学习有多"深"？　　　　　　　　　　052
　深度学习不是万能算法　　　　　　　　057

Chapter 02 智能时代，「诸神」的狂欢

ImageNet的洪荒之力	060
人工智能"她力量"	065
机器认出了猫	070
学霸是怎样炼成的	073
语音识别：生不逢时与生逢其时	078
一次不可忽视的人机小战	083
机器翻译：重建人类"巴别塔"	085
"中国声谷"：让世界聆听我们的声音	088
胡郁的白发	092

Chapter 03 我歌唱「带电」的身体

MIT：机器人寒武纪物种大爆发	094
奇怪酒店：新来的服务生	101
摔跤吧，机器人	109
机器人的第一支舞	118
摊开你的掌心	119
每个孩子都有自己的"哆啦A梦"	130

Chapter 04 AI改变世界，谁来改变AI？

当石黑浩遇上"石黑浩"	138
假作真时真亦假	144
我，半机械人	147
假如记忆可以移植	152
给我一双慧眼吧	159
牛津大学里的速度与激情	162
放开方向盘	166

Chapter 05 "爱"是可以计算的吗？

会画画的傻瓜	176
创作的另一种可能	184
A+I=爱？	189
让我陪在你身边	193
谁动了我的奶酪？	196
你好，助理	208
落棋无悔	213

Chapter 06 洞见未来：AI无处不在的世界

最好的发明，最后的发明？	220
好莱坞眼中的"人工智能"	228
超级智能有多远？	231
记忆总是让我觉得不可思议	235
人类，多么了不起的杰作	241

后记	252

序　言

受邀为杨澜女士的新书《人工智能真的来了》作序，我深感荣幸。2016年，杨澜带领她的团队为探究人工智能及其未来的影响力，寻访了全球三十多家顶尖实验室和研究机构，采访了八十多位专家学者，力求汇集众家之大成。

我在接受杨澜采访时被她的使命感感染，并有深深的共鸣。"AI改变世界，谁来改变AI？"这才是关键问题。我们固然应该为人工智能领域已经取得的成绩和它所能带来的各种可能性欢呼雀跃，然而，我认为，我们面对的更为深刻和重要的问题是如何驾驭和运用人工智能。作为人工智能领域的科学家，我会关注科技本身的创新和发展。但是作为教育工作者、女性和一位母亲，我也会对人工智能有可能带来的社会问题、伦理问题关注得更多。人工智能恐怕是人类面临的一次最大的变革，而在人工智能各个领域，新一代的技术专家和领导者尚未成长起来。人工智能这一为社会而创造的技术需要反映全社会的整体价值。为此，我们需要能够代表"我们是人类"的技术专家，而不是金字塔顶端极少数的特权者。为了确保人工智能这项技术能够造福全社会，我认为对人工智能各领域的下一代的技术专家和思想领袖的教育至关重要。

世界正在以不可思议的速度飞快变化。事实上，有人说我们正在经历第四次工业革命。这场革命很大程度上是由计算机信息处理技术推动的，这是一股神奇的力量。我在人工智能领域工作近二十年，主攻机器学习和计算机视觉，我亲眼看到人工智能从一个高高在上的学术研究领域成为目前这场变革最大的助推器。但是，变革的规模有大有小，需要我们有想象力才能一一实现。以大家熟悉的自动驾驶汽车为例。自动驾驶技术的吸引力显而易见，借助传感器和算法，自动驾驶汽车将降低事故风险，通勤时间可以用于工作、社交和放松。这是单独从一个驾驶者的角度来看问题。那么，如果数以千计的人选择自动驾驶汽车呢？突然之间，通过车辆协调，交通堵塞得以缓解，停车过程大为简化。当使用者达到百万级呢？我们对基础设施的利用方式会有根本性改变，甚至整个城市的面貌也会改变。人们参与程度、参与数量的不同，会带来不同规模的变革。当科技为更多人所使用，它的影响力也会更加深刻。

人工智能的下一步，应该是降低门槛，向所有人开放，向尽可能多的开发者、用户和企业社区开放。说到开放访问和大众普及，通过云计算这样的平台，可以将人工智能的技术产品推送给超过十亿的用户。可见人工智能的参与者数量已经十分可观。杨澜在这本书中，也对人工智能做了更多解析。

此书讨论的变革中，我尤其感兴趣的是医疗。医疗是人工智能最深入的应用领域之一，它真正改善了人们的生活。近年来，我们已经看到人工智能取得了一些了不起的成就。最近，"谷歌大脑"的同事们展示了一台利用深度学习算法的计算机。这台机器可以达到眼科医生的水平，检测糖尿病视网膜病变。这种疾病可能导致全世界超过四亿人失明。试想一下，如果这样的技术遍布整个医疗行业，很多形式的视觉诊断将会很快实现自动化，运营成本和错误率将会降低，医疗资源不足的人群也能够得到治疗。在斯坦福大学，我的团队和医学院的同事们已经在智能医院的项目上合作了三年。不久的将来，机器还能处理书面任务，比如记录就医信息、管理慢性疾病，帮助提高诊断准确性和医疗服务效率。而在综合型智能医院和养老院中，可以充分利用智能视频分析这种人工智能技术来跟踪记录医院动态、保障病人安全、监督卫生操作、规范手术方案。

杨澜在本书中还穿插呈现了我们在人工智能领域所面临的机遇与挑战，发人深省、令人信服。能否实现多样化和包容性是技术领域的一个巨大问题，不仅是硅谷，也是计算机科学和人工智能领域所面临的巨大挑战。

如果年轻人认为人工智能是自己未来的发展方向，那么我认为他们应该明白，有梦想和激情的同时，也要承担起责任。这是生活的两面性。有时二者相互矛盾，需要我们找到连接这两个重要任务的线索。不能只追求梦想，不承担责任；当然承担责任的同时，也要保持对梦想的追求。小时候，我读了许多关于科学、宇宙、太空和生命起源的书籍，那时候我的内心就住着一位科学家。我认为追求真理是美好的，而成为科学家最基本的信念就是"追求真理"：宇宙的基本法则是什么？生命的基本法则是什么？智能的基本法则是什么？我年轻时，来到一个语言和文化对我而言都是全新的社会，需要一边勤工俭学，一边在普林斯顿大学读物理专业。后来我追随了自己的科学梦想，选择了神经科学和人工智能方向，成为了今天的我，我很庆幸也很骄傲：这些我都做到了。开干洗店也好、在餐厅打工也好、帮人遛狗或是其他也好，这些看上去平凡的工作，对人的心灵却非常重要。起点越是低微，越能支撑你勇敢而坚韧地度过每一次艰难的时刻。

这样的经历不仅影响了我的人生，也让我更能理解其他人的生活。无论我如今处在什么样的位置，都会对他人存有同理心。虽然我不再需要打工，但并不意味着我可以对其他人的艰苦和挣扎漠不关心。杨澜曾问我："你们研究出这些技术是为了什么？"我想，对科技的研究和探索，肯定不仅仅是为了获取更多的财富或者是成立一家世界上最大的公司，最终的目的一定是为了人类的福祉。

每一天，我们都见证着人工智能和第四次工业革命影响着我们的生活，从医疗到农业乃至方方面面。但是我们仍然处于初始阶段，还有许多未完成的工作。我想对年轻的朋友说，如果你正在思考未来的职业规划，我强烈建议你考虑科技领域，尤其是人工智能领域！我希望在你们当中能够看到下一代的人工智能领袖，研究方向也比今天我们现有的更加多元化。人工智能确实会改善各行各业人们的生活，但是只有各行各业的人们都积极参与到人工智能的探究和创新过程中，才能使之成为现实。我要感谢杨澜，感谢她对人工智能领域的关注，让我们用更人性化的视角看待这个问题。

Fei-Fei Li（李飞飞）

斯坦福大学计算机系终身教授
斯坦福大学人工智能实验室主任
"谷歌云"首席科学家
2017.8.2

人工智能真的来了

引 言
一个文科生的人工智能之旅

一走进麻省理工学院计算机与人工智能实验室（CSAIL）帕特里克·温斯顿教授（Patrick Winston）的办公室，我就被墙上的一幅画吸引。那是米开朗基罗在西斯廷教堂天顶的壁画《创世记》（局部）的复制品：从天而降的上帝，将手指伸向亚当，亚当慵懒地斜卧着，似乎沉睡初醒，软弱中透着一些渴望，将自己的手伸向造物主。这是惊心动魄的一刻，上帝即将给人类的肉体注入智慧。谁能预见，亚当的子孙也将有一天试图模仿造物主的角色，把智慧注入机器，而拥有智慧的机器又将对人类怎么样？

看出我的兴趣，温斯顿教授慈祥地说："放心吧，到目前为止，我们还

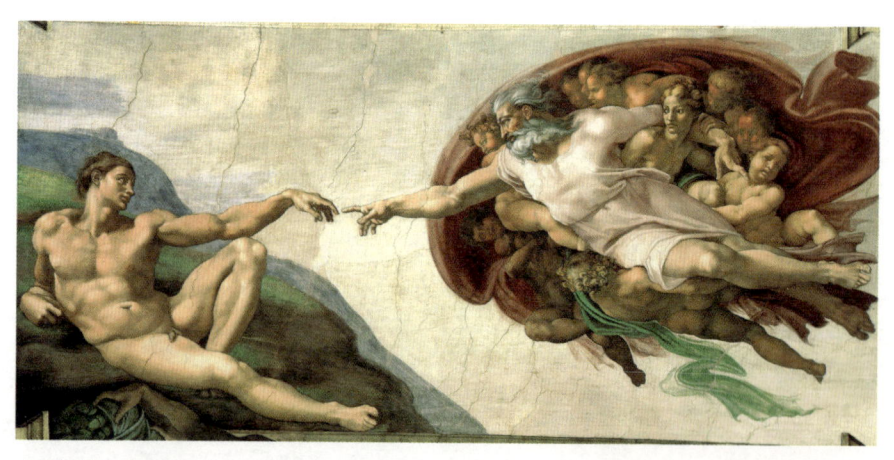

米开朗基罗在西斯廷礼拜堂天顶的壁画《创世记》（局部）：从天而降的上帝，将手指伸向亚当，上帝即将给人类的肉体注入智慧。

是独一无二，不可替代的。"——听了这话，我怎么更不放心了呢？

做访谈节目近20年的我，习惯于收集那些改变世界的人和事。2011年，IBM认知计算系统Watson在智力问答节目《危险边缘》（Jeopardy!）中打败两位人类选手，震惊世界。同年，预言家雷·库兹韦尔（Ray Kurzweil）所著的《奇点临近》大卖。其中，2045年"超级智能"将全面超越人类智能的预言，开启了巨大想象空间。如果人类可以把所有思维都下载到机器上，那么我们是否就可以获得在虚拟世界的"永生"？

为什么人们对超级智能产生恐惧？因为这关乎人的本质。笛卡儿说："我可以怀疑所有我看到的事物的真实性，但'我怀疑'这个事实告诉我，我在思考，我有意识。而如果我拥有这个，我就必然存在。"——"我思故我在"（Cogito Ergo Sum）。1999年我曾出版一本访谈集，借用他的名言将之命名为"我问故我在"。好奇心是我无可救药的本能，提问是我无法丢弃的习惯。我已经按捺不住探寻的脚步，于是有了走访世界顶尖实验室，向普通大众揭秘人工智能的想法。纪录片《探寻人工智能》因此进入策划阶段。

就在摄制组在李开复、张亚勤、余凯等专家的指导下拿出十集纪录片框架时，传来了AlphaGo与李世石九段人机大战的消息。记得1998年在超级计算机"深蓝"（Deep Blue）打败国际象棋冠军加里·卡斯帕罗夫（Gary Kasparov）的一年后，我曾采访围棋国手常昊。结束语中我赞叹这种源自东方的博弈游戏博大精深。所谓"千古无同局"，围棋的变化达10的172次方，比所知宇宙中的原子数量还要多。而国际象棋的变化在10的46次方左右。于是，我断言，在可预见的未来，机器无法在围棋领域战胜人类。

打脸啊！赛前李世石本人也放出狠话，争取以4:1或5:0取胜，而结果是AlphaGo以4:1胜出。更让人们惊叹的是人工智能在打法上表现出原创性，突破了人类棋手的惯用套路！"深蓝"靠的是人类编程，让机器用蛮力"穷尽"所有的可能性，并做出选择；但AlphaGo却是被赋予了深度学习的算法，经过海量的"训练"，自我优化的结果，其过程连设计师本身也被蒙在鼓里！

这一人机大战标志着2016年成为人工智能爆发的元年，也加快了我们筹备拍摄的步伐。4月，冒着早春纷扬的雪花，我们出现在麻省理工学院的校园。人工智能先驱和主要奠基人之一的马文·明斯基（Marvin Minsky）就在这里创建了全球最早的人工智能实验室。而前面所提到的温斯顿教授当年就是明斯基的学生，并担任该实验室主任达25年。他用"魔幻"来形容20世纪60年代。"当时，人工智能是个很新的概念。我们挑战一切，质疑一切。教授和教授之间，学生和教授之间，总在热烈地争论。我们吃、睡都在实验室里，守着唯一的一台慢吞吞的计算机，工作到零晨3点钟是常态。就像米开朗基罗所描绘的《创世记》，每个人都感觉正处于一个伟大时代的发端。"

1956年的达特茅斯会议上，"人工智能"一词正式诞生，马文·明斯基、约翰·麦卡锡（John McCarthy）等人工智能先驱满怀激情地宣告："我们将尝试，让机器能够使用语言，形成抽象概念，解决人类现存的各种问题。我们的研究基于这样的推测——学习的每一个方面和智能的任何特征，原则上都能被精确地描述，并被机器模仿。"

当然，他们认为"用一代人的时间"就可以创造出与人类智慧媲美的人工智能，可能过于乐观了。人类有丰富的常识，具备抽象能力，能举一反三，并运用跨领域的知识和方法，综合性地解决问题，而这些并不是都能用数学公式表达的。更何况，那时计算机的运行速度与今天有百万倍的差距（地球同步轨道上的卫星与地面一只蜗牛爬行的速度差是50万倍），也没有海量的数据,神经网络和深度学习尚处于科研的边缘。人工智能不得不在 20 世纪 70 年代和 80 年代经历两次"寒冬"。研究人员拿不到经费,承受着世人的嘲笑,但他们依然忘我地研究着。不疯魔,不成活,在科学领域亦是如此。

天才,领先于时代,常常受到误解、非议甚至排斥,这并不罕见。不过,相比于阿兰·图灵(Alan Turing),"寒冬"中那些科研人员的运气还不算太糟。我探寻人工智能的脚步不可避免地踏上图灵走过的道路,地点就在英国一处世外桃源般宁静祥和的庄园,布莱切利庄园(Bletchley Park)。这里是第二次世界大战期间英国的情报中心,27 岁的数学家图灵被招募到这里破译称为"不可战胜"的德国密码机"恩尼格玛"(Enigma)。面对这部拥有 1.59 万万亿种变化、每 24 小时变换一次密码配置的机器,人力无法与其匹敌。图灵大胆设想:只有用另一台机器去破解这台机器。他研发出名为"炸弹"(Bombe)的解密机,每秒可以测试出几百种密码编译的可能。盟军因此提前知晓德军的行动计划,拯救了数以千万计的生命。丘吉尔首相曾称赞图灵和他的同事们是战争胜利的最大功臣,可是出于保密原因,外界对此

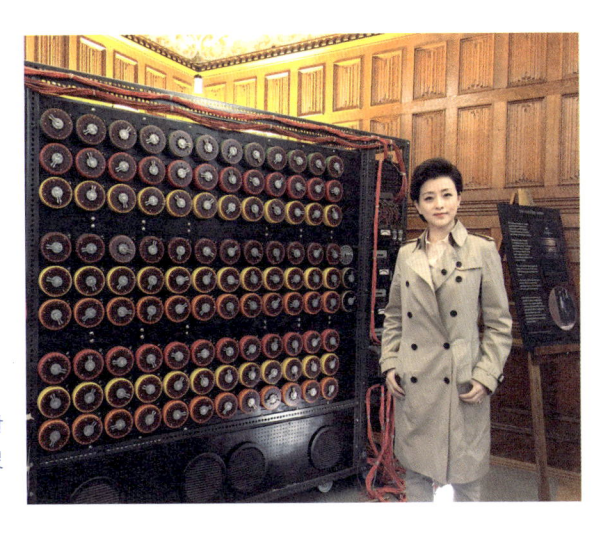

站在解密机"炸弹"前,我对 27 岁的天才数学家阿兰·图灵充满敬仰和同情。

一无所知。我在想，如果图灵在战后能够因其卓越贡献受到应有的嘉奖，他还会在数年后因同性恋被判有罪并处以羞辱的化学"去势"疗法，而选择在 1954 年 6 月 7 日用一只浸染过氰化物的苹果结束自己年仅 41 岁的生命吗？（也有一种观点认为他当时是误食毒苹果，但无论如何，他的遭遇都让人扼腕。）如果让他在被追认为"计算机之父"和"人工智能之父"与有尊严地生活之间做出选择，他会怎么选？人类总是在事后毫不吝惜溢美之词，将受迫害者奉为神圣，却不能在他们活着的时候给一点好脸色。这样的人类"智能"，也够让人无语的。

然而，人类中就是有那么一些人，在寻求真理的路上坚持"虽千万人，吾往矣"。正是他们的一意孤行，不计代价，一次次更新了我们对世界和自身的认知。我来到剑桥大学三一学院的门口，在这里，一棵不高的苹果树开枝散叶。就是这棵小苹果树的祖宗老苹果树，在某个秋天把果实落到牛顿的脑袋上。其实，有关牛顿发现万有引力与苹果树到底有没有直接关系，人们无法考据，但这并不妨碍我们对这棵树充满好感，我们宁愿相信人类认知宇宙的里程碑有如此生机勃勃的证明！正当我透过树叶欣赏其间闪烁的阳光时，传来校园警卫的大声警告："喂，女士，这片草地不得进入，请你赶紧出来！"

哥白尼告诉我们地球并非宇宙的中心，麦哲伦向我们证明地球是圆的，牛顿告诉我们物体运动背后的规律，达尔文告诉我们人类也经历了进化的过程，弗洛伊德带我们进入潜意识的梦的解析，爱因斯坦用 $E=mc^2$ 简洁优美地更新了我们对时空的理解……人类的智慧不仅是关于这些知识，更是关于把探寻的精神代代相传。机器能够模拟这样的精神吗？

再"聪明"的机器，其设计者还是人。是人领悟到，就像飞机模拟鸟的飞行，并不需要设计羽毛和拍打的翅膀，人工智能也不需要全面模拟人类智能的运作方式。他们借鉴人脑中的神经元和突触网络连接的特点，建立机器的神经网络，简化参数，增加层次，并用反向传播的方式不断纠错。

在基于规划和统计学的"专家系统"多年发展缓慢的时候，多伦多大学杰弗里·辛顿教授（Geoffrey Hinton）的深度学习理论和纽约大学扬·乐昆教授（Yann LeCun）的卷积神经网络的研究，为语音识别、图像识别领域带来革命。在计算能力和大数据的助力下，深度学习算法如虎添翼。2010年，吴恩达（Andrew Ng）在"谷歌大脑"项目中，用一万台计算机搭建了一个具有十亿个连接的神经网络。为了"唤醒"这个超级大脑，他们接入YouTube的视频，一周后，机器对"猫"的形象产生了极为活跃的反应，而在这之前，没有人"告诉"机器什么是猫。接下来发生的事就是历史性的了。

与科学史上之前的重大突破主要仰仗少数科学家不同，在人工智能诞生60年后迎来的"第三次浪潮"中，亿万普通人加入到"训练"机器的行列中。2009年李飞飞在斯坦福大学人工智能实验室发起的ImageNet项目，就吸引了全球167个国家五万余人，参与标注了1500万张图片，涉及22000个类别。科大讯飞的语音识别技术，仅在中国就有数亿用户，以不同的口音、不同的背景噪声参与语音识别和自然语言的"优化"。2016年，机器在语音识别上的表现已经超过了人类的平均水平。而微软开发的人工智能伴侣虚拟机器人"小冰"，在中国已经拥有了1亿用户、300亿对话量，使用者与小冰之间一次多达23轮的对话数据，提供了人类情感反应模式的海量信息，使之成为有史以来最大的一次"图灵测试"。

正是在这样的背景下，中国，以巨大的用户数据，庞大的工程师队伍，旺盛的市场需求，以及学术、商业、投资界的紧密合作，百度、阿里巴巴、腾讯等企业在人工智能方面的巨额投入以及政府的大力推动，站在了全球人工智能发展的第一梯队。华人及华裔科学家在人工智能领域列出豪华阵容：吴恩达、李飞飞、李开复、张亚勤、陆奇、邓力、胡郁……其他学术领域的佼佼者也纷纷加入，如斯坦福大学物理学教授张首晟，用拓扑理论设计出锡烯芯片，让电子"各行其道"，减少芯片运算产出的热量，从而突破"摩尔定律"遇到的材料瓶颈，提高计算能力。他甚至期待着人工智能日后能比人类科学家更好地发掘新的自然和数学规律。

今天以及不久的将来，人工智能的应用场景将渗透到我们生活的方方面面，我们正在进入智能互联网的时代。无人工厂、智能仓库、智能家居、无人驾驶正在成为现实。无所不在的传感器、物联网、云计算，让人工智能成为标配，像水、电一样无处不在。

人，可以赋予科技"温度"。人工智能拓展了我们的感知和行动能力，在我的采访过程中留下了许多暖心的瞬间。在英国牛津，留存微弱光感的盲人瑞德·赛尔，凭借"盲人眼镜"，能够分辨运动物体的轮廓，实现独立出行。更让他欣喜的是，时隔十几年，他再次看清了女儿们的面庞，并能亲自动手为她们准备早餐；在美国加州，被中风击倒全身瘫痪并丧失语言功能的亨利·埃

人可以赋予科技"温度"，赋予机器美好和可爱。

文斯，凭借人工智能技术，可以借助特殊制作的眼镜向电脑发射激光信号，收发邮件，并借助远程视频设备"参加"了侄子的婚礼；在日本的一家老人院，机器人帕鲁洛每天带领老人们做伸展操；在波士顿儿童医院，小熊机器人给白血病儿童讲故事、说笑话，提醒他们按时吃药……机器或许并不真的需要我们，但这不妨碍我们对机器产生情感。人们会给扫地机器人起名字，士兵怀抱着被炸坏的战地机器人泪流满面，失恋的小伙子向人工智能软件"倾诉"心事……机器还在大举进入人类的艺术世界，甚至表现出不凡的"创作"能力。它们可以按伦勃朗的画风作画，像巴赫那样编曲，写悬疑小说，创作剧本，写诗，编辑电影预告片。这些潜质的展现，似乎比下象棋、下围棋更让人惊惧：机器展现出的审美能力、想象力、创造力甚至幽默感，是不是对人类智能的冒犯呢？

我花了500英镑从西蒙·科尔顿教授手里购买了人工智能"绘画傻瓜"创作的"椅子"。

在英国西南部的法尔茅斯大学，西蒙·科尔顿教授（Simon Colton）以人工智能"绘画傻瓜"（Painting Fool）为骄傲。"绘画傻瓜"不傻，它已经学习了上万种绘画方法和风格，还能根据每天的新闻，选取合适的"情绪"来进行创作。它创作的作品"椅子"曾成功在巴黎的画廊里公开展出。作为它的第一位收藏者，我花了500英镑从科尔顿教授手里买下了这幅画，已经有朋友双倍开价要向我购买呢！如果按黑格尔给艺术下的定义"美就是理性的感性表现"，那么"绘画傻瓜"的作品算得上是艺术吗？

当我拿着这张作品找到画家叶永青先生时，他的解释是："人的艺术是关于我们的主观感受的，常常是我们的偏见、我们自身的不完美定义了作品。但机器的作品看上去'很正确'，它似乎还是关于'方法'的，而不是'理念'的，更难以表达意义。"我的儿子正在大学读艺术史和视觉艺术专业，我跟他讨论这一问题时，他认为，人类的艺术创作是一种"表达"（Expression），而机器的只能算是"反映"（Reflection）。

根据麦肯锡咨询公司的调查，60%以上的人类职业和30%的工作将被取代，甚至更多。如果说工业革命替代了人的肌体，那么人工智能革命还要代替一部分大脑！助理、客服、记者、会计、翻译、律师、医生、股票交易员、信贷员这些白领工作已受到威胁。原则上，那些可重复的、可描述的、有固定规则和标准答案的工作，都可能被机器取代。在日本，已经出现了人工智能主持人。看来我的饭碗也难保了！

对于强大而未知的事物，恐惧是一种正常反应。人类的想象力还会不遗余力地帮忙，把恐惧"坐实"。1818年，英国女性小说家玛丽·雪莱（Mary Shelley）（对，就是诗人雪莱的妻子）创作了文学史上第一部科幻小说《弗兰肯斯坦》（或译《科学怪人》），被称为科幻小说之母。"人类一手创造的超级怪物最终失去控制，反制人类"成为之后科幻小说和影视作品经常出现的主题。好莱坞深谙其道，他们知道，对灾难的恐惧非常"好卖"，所以一系列好莱坞科幻大片，《2001：太空漫游》（2001: A Space Odyssey）、《机械姬》（Ex Machina）、《超验骇客》（Transcendence）、《她》（Her）等，都描述了人工智能的黑暗面。人们不仅害怕超级智能有一天以独立意志反过来统治我们，更害怕它的"无动于衷"。牛津大学人类未来研究院院长尼克·博斯特罗姆（Nick Bostrom）反复提到一个类比："我们修停车场时会摧毁蚁穴，并不是因为我们有多么痛恨蚂蚁，而仅仅是因为我们需要将资源另作他用。"那么，能不能把人类的价值观"预设"在人工智能里呢？技术上恐怕非常有难度，因为人类常常搞不清自己到底要什么。在各国神话和寓言中都有类似的故事，精灵允许主人公实现三个愿望，后者提出的第一个、第二个愿望各有千秋，但第三个愿望往往是：推翻前面的两个愿望！人类的自相矛盾堪称经典。著名的阿西莫夫"机器人三定律"（1. 不能伤害人类；2. 除非违背第一条，否则必须要服从人类；3. 除非违背第一和第二条，否则必须保护自己。）就可能导致机器人极力阻止人的诞生，因为人只要诞生，就不可能不经历伤害。

但是，我在采访中发现，对超级智能毁灭人类表示担忧的，往往不是人工智能领域的专家。后者常常这样反击：

"这就像爬上一棵树，然后宣告你向登月迈进了一步一样荒谬。"

"人类智能不仅有认知、记忆和推理能力，还包括协调肢体运动、人际关系和自省的能力。它不是线性的，你不能说机器达到了5%或20%的人类智能。"

"那些预言'奇点'出现的人，不断推后奇点出现的时间！它只能算是一种科学幻想。"

人工智能就像一面镜子，照见人类智能的神奇。我们的大脑中有近千亿神经元，每个神经元有数千突触，突触之间有复杂的生物电流回路，而这些回路又具有可塑性。我问麻省理工学院大脑与认知科学教授托马索·波焦（Tomaso Poggio）："为什么我们人类的记性那么不好？"教授回答："或许你应该问，为什么我们的学习能力那么强！遗忘也是人类大脑的一种应变能力。"机器依靠大数据进行学习，人类却能凭借小样本学习并举一反三。一个孩子不需要见过100万只猫才知道什么是猫。当孩子与猫玩耍时，孩子在动，猫也在动，我们的头脑善于在这种互动中从多领域获得知识，并建立认知世界的模型，再应用到日后的实践中，解决新的问题。说到底，人类对自身智能的认知实在有限，至于认知能力和逻辑思维能力的提升是否就一定带来自我意识？这是宗教、哲学千百年来一直试图回答的问题。到目前为止，"自我意识"的来源与去处依然让人们争论不休，《创世记》中上帝与亚当石破天惊的一"触"，不过是我们能找到的一种解释而已。无论过去、现在，还是未来，人类最大的敌人就是自己！机器没有善恶，它们只是放大了人性的善恶。中国人工智能学会理事长李德毅院士预言："更可能出现的情况是，不同利益的人群，带领各自的机器人相互博弈、对抗，而不是人类在一个阵营，机器人在另一个阵营。"

显然，比起担心超级智能毁灭人类，我们还有其他更紧迫和重要的任务。科技改变生产力，而生产关系和社会治理方式就必须相应地做出调整。现实中人工智能已经或很快就会带来的冲击，主要集中于隐私保护、信息安全、自动化武器的滥用、失业、利益分配、贫富差距等问题，涉及法律、伦理、公共政策、国际关系等方方面面。比如，如果大公司将我们个人的消费数据用于商业交易，我们应该知情吗？我们不怀疑人工智能将创造新的工作机会，但在新旧职业的交替中，谁来保护劳动者的利益呢？我们是否需要，如比尔·盖茨（Bill Gates）所建议的向那些不再雇佣人类工人的公司征收"机器人税"？那么国家与国家之间呢，是不是也要调整贸易协定来平衡人工智能带来的竞争力差异？世界经济论坛创始人克劳斯·施瓦布（Klaus Schwab）在其著作《第四次工业革命》中就指出："第四次工业革命可望提高全球收入水平，改善人民的生活质量，也有可能加剧不平等，特别是颠覆劳动力市场，扩大资本回报与劳动力回报的差距，甚至引发社会动荡。"《未来简史》作者尤瓦尔·赫拉利（Yuval Harari）认为，21世纪经济学最重要最重要的问题就是被机器"剩余"出来的人去干什么？以及那些掌握人工智能、基因科技的人，是否更有可能聚敛财富，制造更大的不平等？中低收入阶层的被剥夺感，中产阶级的空心化，有可能导致社会矛盾激化。他甚至预言："历史从人类发明上帝时开始，到人类成为上帝时结束。"毕业于清华大学物理系，获2016年科幻小说"雨果奖"的中国作家郝景芳在《北京折叠》中描绘了一个被分为三层空间的北京。三个阶层的人生活在平行空间里，并被禁止相互流动。这是对未来的有些黑暗的想象。她说："并不希望我的小说成真。"

哥伦比亚大学生物学教授、诺贝尔生理学或医学奖获奖人埃里克·坎德尔教授（Eric Kandel）接受我采访时，正值美国总统大选期间。当我问及他是否担心超级智能统治人类时，他以特有的爽朗笑声回答："比起超级智能，我更担心特朗普！"我估计3个月之后他就笑不出来了，因为特朗普居然赢了！在信息时代，人们倾向于生活在信息过滤的"气泡"中，只接收自己喜欢的信息，而对客观真相失去认知。在这种情形下，依靠大数据分析的人工智能推送方式推波助澜，让公众舆论有更多可能被政客和商业操纵，从而给民主政治的根基带来冲击。

而在这枚硬币的另一面，我们又看到了人工智能带来的种种机遇。它提供全新的生产要素，创造智能自动化的生产力；它提升现有劳动力的生产效率和资本的使用效率；它为各方面的创新"赋能"，全面提升社会的创造力。它甚至能够促进人的全面发展，享受更优质、更有趣的生活。工业革命把人固定在生产流水线上，人被"异化"，也就是被工具化。这在现代教育制度上的体现之一，就是过早地划定"文科生""理科生"，迫不及待地把年轻的生命挤压到某一个职业前景的"模子"里，塑造成型。或许，人工智能的革命将彻底改变我们的学习内容和学习方法，改变教育模式，让我们更全面地发展；也能通过代替人类完成重复性的劳动，释放出更多时间让我们享受休闲、欣赏艺术和从事更有创造力的工作。实际上，我在这次旅行中发现，人工智能领域许多专家都有着敏锐的艺术鉴赏力和良好的人文修养。未来，计算机科学、脑科学、心理学、社会学、教育、艺术等多学科的跨界融合，成为趋势。到那时，就不能简单地用"文科生""理科生"给人贴标签啦。

据说明斯基与鼠标发明者道格·恩格尔巴特（Doug Engelbart）有过这样一番对话。明斯基说："我们要给机器智能，给它意识。"恩格尔巴特说："哦，你要为机器做这些？那你打算为人类做些什么？"

AI改变世界，谁来改变AI？科技是一把双刃剑。做出选择的是人，不是机器。未来到底往什么方向发展，取决于我们如何设计、管理和应用人工智能。李飞飞等人发起的非营利组织，在美国的高中生中开展"Humanistic AI"（解决社会问题的人工智能）的教育。她特别强调，要让更多女生参与AI的学习和研究，因为她发现，"要吸引一个男孩子，你只要说这件事很酷就行了；而女生更关注这件事是否能让她的亲人生活得更有尊严"。

我与团队来到北京的龙泉寺，这里"曲径通幽处，禅房花木深"。走过石板古桥，绕过千年银杏，我终于见到了人气颇高的机器僧贤二。

——"一花一世界。"

——"一叶一菩提。"

——"你为什么叫贤二啊？"

——"大家都太精明了，总要有个二的，对不对？"

——"那你听过'小和尚念经——有口无心'这句话吗？"

——"有的，有的。"【到底是说有听过这句话，还是说有用心啊？（捂嘴笑）】

——"机器僧与人有什么区别呢？"

——"机器也好，人也好，到头来都是空。"（深奥！）

——"我可以把你带走吗？"

——"开什么玩笑，我师父不会同意的！"他认真地回答。

在人工智能的支持下，贤二会变得越来越"聪明"。

贤二的创制者之一，学习计算机科学出身的贤信法师说："科学让我们以更快的速度奔跑，而慈悲告诫我们奔跑的方向。"

像是一个轮回，当纪录片播出时，正值 AlphaGo 完胜柯洁。与一年前跟李世石的比赛相比，区别是，这一次毫无悬念。研发 AlphaGo 的 DeepMind 公司创始人戴米斯·哈萨比斯（Demis Hassabis）说："希望 AlphaGo 像哈勃望远镜协助人类观察宇宙一样，帮助人类探索围棋的奥秘。"那么最终人工智能无法代替人类智能的部分究竟是什么呢？也许就一个字，爱。它能打败所有的围棋高手，却无法拥有他们对围棋的热爱；它能轻易地说出"我爱你"，却不能体验恋爱中"怦然心动"的美妙感受；它能陪我们聊天，却很难替代一家人亲亲热热的年夜饭。机器或许能帮我们做所有的事，但当有一

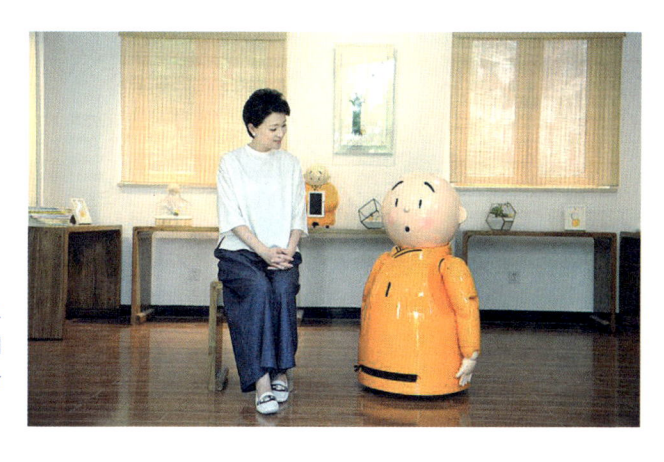

"你为什么叫贤二啊？""大家都太精明了，总要有个二的，对不对？"

旅程本身，充满乐趣，而我最大的兴趣就是追问："然后呢？"

天你即将离开这个世界时，你会希望拉着一个机器的手吗？

人，并不完美；生命，终究脆弱。不过，不完美定义了我们；死亡，定义了生命。人类最大的智慧就是在亿万年的进化中，不断适应危机和挑战。每一次灾难，每一次重建，每一次绝望，每一次希望，都让它有所改变，让我们成为独一无二的个体，也形成集体记忆，化作基因密码，融入下一代的智慧"草稿"。其实，人类作为一个整体，早已演化出一个"永生"的模型，那就是繁衍后代，生生不息。

好奇地、笨拙地，我走过了人工智能探寻之旅的第一程。未来的最佳打开方式是学习。人工智能不正是一场学习的革命吗？在知识迅速迭代、规则不断改变的今天，学习的心态和学习的能力决定了我们的生存，更决定了我们的生活。著名演员摩根·弗里曼（Morgan Freeman）主演过多部以人工智能为主题的电影，他在接受我采访时说："你大老远地跑来采访我和其他这么多人，人工智能会有同样的好奇心去采访其他的人工智能吗？"

对人来说，旅程本身，就充满乐趣。而我最大的兴趣就是追问："然后呢？"

Chapter 01

In Search of
Artificial Intelligence

机器
会思考吗？

人工智能真的来了

每个人都应该知道阿兰·图灵

"必须成为一位伟人,才能被赦免身为同性恋的罪孽吗?如果是这样,那多伟大才够资格?在'二战'中破译纳粹德国的'恩尼格玛'密码足够伟大吗?或者还需要发明电脑,顺便再发明人工智能?这样够不够?"这是英国牛津大学的数学家、传记《谜一样的阿兰·图灵》一书作者安德鲁·霍奇斯(Andrew Hodges)在2012年2月发表于《自然》杂志,纪念图灵的文章中的一段话。

这位伟大的阿兰·图灵(Alan Turing)是谁?安德鲁寥寥数语的总结足以让我们每个人都会被图灵的成就震撼,而成就背后究竟有着怎样的跌宕和惊心动魄呢?2015年,根据安德鲁这部传记改编的电影《模仿游戏》(The

这位伟大的阿兰·图灵是谁?

Imitation Game）上映，一段关于图灵的传奇登上大银幕。因为我先生投资了这部电影，所以在它刚刚上映的时候，我便早早地看过了，但我还是觉得自己对这位成就卓越的传奇人物了解得太迟。

图灵不是军事家、不是"二战"中叱咤风云的将军，他在当时是一位27岁的数学家，他感兴趣于所有能用机械方法解决的事物。源于图灵的构思和启发诞生的机器"炸弹解密机"，对于战胜纳粹主义起到至关重要的作用。有史学家称，这台机器的发明，让"二战"至少提前两年结束，更拯救了数以千万计的生命。他发明的机器成为当今计算机的基础，也打开了一扇人工智能的大门。

然而，在当时的英国社会并没有因为图灵的贡献而宽容他的同性恋身份，以致这位天才数学家最终在绝望中自杀。带着对这位堪称天才却具有悲剧色彩的数学家的敬仰与同情，我们的人工智能探寻之旅来到了炸弹解密机的诞生地、图灵在"二战"期间工作的布莱切利庄园。

布莱切利庄园位于伦敦的西北部，交通枢纽米尔顿·凯恩斯的南边，地处汇聚天才学者的剑桥大学和牛津大学之间，这也是它在"二战"期间被选作情报破译中心的原因之一。当然，布莱切利庄园也是一座相当隐蔽的乡村庄园，如果不是专门拜访，你开车经过一定会忽略，看上去着实不起眼。我们从一条小路驱车进入，穿过一道大门，然后才是豁然开朗的景象：一座联排的维多利亚风格的建筑，有着几分童话色彩，建筑前有一片大大的湖，湖面上游着天鹅，甚是悠闲，突然我们有种进入世外桃源的感觉。

图灵生活和工作的地方在旁边搭建的平房里。这些平房在当时被称为"棚屋"，有点像现在的工房，有种匆匆搭建很快就要拆掉的感觉，房门是染着绿漆的铁皮门。图灵当年在8号棚屋，这间屋子用来破解德军海军的密码，著名的炸弹解密机被放置在 10 号棚屋。图灵的办公室还原了当年工作、生活的情景，办公桌上放着一台打字机，边上是写得密密麻麻的稿纸，墙上的一块小黑板上写了几行字母，应该是还原当时他们在做的破译工作。在图灵座椅后面的暖气片上，用铁链子拴着一只搪瓷缸。据说因为当时在这里工作的人们都是废寝忘食，吃住都在这办公室里，有时候工作起来没日没夜，根本就不记得自己拿了哪只水杯喝水。图灵应该是有些洁癖吧，就找了根很粗的铁链子，把自己的搪瓷缸拴在了暖气片上，告诉大家："这是我的！"看到这只搪瓷缸，我不自觉地脑补起这位技术宅率真的样子，还真有几分可爱。

1939 年 9 月 4 日，还在剑桥大学国王学院做研究员的图灵来到布莱切利，当时被一同召集过来的大约有 30 人，他们的任务是破译德军引以为傲的超级密码机——恩尼格玛机。

当时，"二战"刚刚爆发。英国作为大西洋上的一个岛国，食品、燃料和军火等军用民用物资需要通过海上运输来供给。在大西洋上巡航的德军潜艇因为能够提前获知英方的很多通信，击沉了大量盟军舰船，严重威胁到了英国的生命线。从 1940 年开始，英国被迫对最匮乏的食物和布料限量配给。英国本土也是盟军积蓄力量、伺机反击的最后一个基地，为了保护海上生命线的畅通和英国本土的安全，不让整个欧洲落入纳粹的魔爪，及时破译德军的密电，掌握德军的动向显得尤其重要。

在历史学家大卫·肯尼恩（David Kenyon）的带领下，我看到了德军这台"牢不可破"的机器。"二战"期间，英国各破译站里的女性电报员，长期监听德军的无线电频率，并将信息并转为莫尔斯电码，信息经过编码后，却无法被直接读取。你每按下恩尼格玛机的一个键，加密后的另一个键就会亮起来。比如，按下字母 A 键，可能 G 键会亮起来，而恩尼格玛机的关键点在于，当你不止一次地去按下这个 A 键，每次亮起来的字母都是不同的，每次的加密都会有所变化。这样的加密系统极其安全，因为如果每次你得到的都是相同字母的话，你就非常容易找到规律并进行解密了。

"所以大体上有多少种可能性呢？"

"很明显，对每次你按下的字母来说，只有 26 种或 25 种可能性，但是关键在于，即使你的敌人获得了这台机器也不要紧，因为在信息被编码之前，这台机器可以被设置成非常多的加密方式。在这台机器的前部是一个连接板，你可以用它去变动字母，而在机器的后面有三个转子，你也可以通过它们来改变加密的方式。算起来的话，大概有 1.59 万万亿种设置加密的可能！"

1.59 万万亿！我与《模仿游戏》中那帮被召集到布莱切利进行破译工作的年轻人一样，露出惊讶甚至被吓到了的表情。如果你不知道某条信息的加密设置，你就没办法去解密信息，因为你可能会花掉比宇宙存在时间还要长的时间去试遍每一种可能！

电影中，图灵第一次见到这台机器的时候，首先发出的却是惊叹的感慨："Beautiful！"（真美！）"Beautiful"不只说它的外形、设计感非常精致，

图灵当年工作的办公室；拴在暖气片上的搪瓷缸真有几分可爱。

"谜"一样的"杀人机器"：恩尼格玛机。

更是说它的设计原理绝对精妙，这台众人眼中的"杀人机器"，竟一下子让这位年轻的数学家产生了浓厚的兴趣。

被召集到布莱切利的是当时全英国最顶级的"最强大脑"，他们包括了考古学家、语言学家、象棋冠军，还有几名纵横字谜玩家，数学家只有两名，看上去文科生偏多。每天，监听人员将数百条信息进行转录，难以理解的信息在破译者的桌子上越堆越高，收获却很少。几乎所有的破译者，每天用坐标纸和卷笔刀计算着各种可能性，工作量极大，却一无所获，据说"德军如果不想让你读懂密文，你永远也无法读懂"。另一边，这个不可思议的难题，对图灵充满深深的吸引力：既然没人能对付得了恩尼格玛机，那么我来对付它！

坚定的信念，加上天赋异禀的才华，让图灵大胆假设：人脑进行的大部分推理工作，为什么不能用机械化的机器来完成呢？电影中，图灵的这个想法遭到同事们的极力质疑和反对，他不得已，只好给丘吉尔写信。事实上，这封信是他与休·亚历山大（Hugh Alexander）还有几位同事一起写的，在信中他们提出希望能给布莱切利增派人力和物力，丘吉尔很快对这封信做出回应，并满足了他们的需求。

图灵研制的炸弹解密机能够以极高的效率检测出恩尼格玛机的转子组合。这台机器有很多三个一组的转盘，每一个转盘就相当于恩尼格玛机的一个转子，每组转盘就相当于一台恩尼格玛机，一台炸弹解密机就相当于36台恩尼格玛机。转盘也叫作鼓，每个转盘正面有26个字母，在转盘背面，每个字母对应4块拨片，而在每一块拨片上，有19根接线，它们连接的是面板背后的交换机。在解密时，机器会时不时地停下，这时转盘上的指针会指向某一个字母，字母组合可能就是恩尼格玛机密码的正确破译文字。

试想一下，如果这个工作由人类来做，尝试不同的加密方式，即使你能一秒钟试一个，那也要花费很多时间才能完成。炸弹解密机能够一秒之内运转并测试上百种转子位置，它大概只需花20分钟就能试遍17000种可能，并且它还可以一天24小时不停歇地工作。

但是，新问题又出现了。恩尼格玛机的转子是可以互换的，德军实际上有5个转子，但是只使用3个，所以其实存在60种运转的可能性，也就是说，并不是启动了炸弹解密机，20分钟就能得到答案。因为你可能使用了错误的转子，所以这个时候，你就需要更换转子，然后重新一遍又一遍地尝试。有的时候破译工作可能10分钟就能找到答案，有的时候需要一周时间，总之，不去尝试的话，永远不知道到底要花多少时间。

不管怎样，有了炸弹解密机，盟军时不时破译的密文，不是一两条，而是成千上万条。这下英国可以截获大量信息：有进攻或撤退命令，作战报告，部队士气及物资情况，天气，海军或空军侦察报告，增援请求，等等，几乎所有信息经过破译和翻译后都被送到盟军司令的桌子上。炸弹解密机不仅对改变战争进程至关重要，也是机器首次踏入自古以来由人类智能主导的领域。

到战争结束之前，有超过 200 台炸弹解密机被制造出来。这些机器每天工作 24 个小时，每周 7 天，操作员的工作简单而枯燥——接到电话指令，告诉他们要用哪个转子，用什么样的加密设置，从哪个位置开始试，然后他们设置好机器，逐一转换尝试，等待，机器停止后，就记录下结果并向指挥部汇报。很多操作员其实从来都不知道他们做的到底是什么工作，因为他们并没有被告知整件事情到底是什么，他们只是被告知去操作机器，并且他们操作机器这件事也必须要绝对保密。

我好奇地问大卫·肯尼恩，他们破译出的第一条信息究竟是什么。大卫也不确定。是天气很好吗？其实并不会是什么特别引人注目的内容，也不会是关于战争的重大新闻。很可能破译出来的情报就是些非常无聊的信息，因为为了找寻破解密码的方法，你不得不从一些你基本上知道字面意思的德文信息入手。天气是德军比较规律化提到的内容，他们倾向于每次都使用同样的一些词汇，但是其中的关键并非在于这些琐碎的情报写了什么，而是你能够从中发现并总结发报方的密码设置规律，进而应用到其他成千上万的情报中去，而那些情报可能告诉你更有用的信息。

这真是一个脑洞大开的逻辑推理过程！

我真想亲自见识一下炸弹解密机运转时的样子，可惜眼前的这台机器只是《模仿游戏》中的道具，静静地立在我的面前，但我能想象得出，当图灵第一次启动这台机器的时候，那轰隆作响的声音，在他心中一定堪比天籁。

布莱切利对德军密码的破译一度达到如此准确和迅速的程度，以至太多的德军舰艇被准确地击沉。盟军一度十分担忧德军改用别的加密方法，可是德军对恩尼格玛机的盲目信任和纳粹的偏执害死了他们，他们认为肯定是间谍泄密或者其他什么原因。英国方面得知这个结论，偷偷松了一口气，并且意识到今后不能再这么草率地利用破译的信息。炸弹解密机的方法就像是走钢丝，一旦德国人对所有信息进行双重加密，盟军就会陷入迷茫。此后英国通过破译密码得到情报后，很少主动出击，只是修改舰船航线躲避敌军；对那些必须攻击的重要目标，也先把戏做足，让空军从目标上空飞过，装作是偶然发现，然后才开始攻击。

有那么一段时间，德军做了一些程序上的改变，但很快布莱切利的"最强大脑"又想办法追上了。这是一场在德军与布莱切利之间持续的竞赛：德军改变程序，布莱切利就想办法解决，德军再改变程序，布莱切利就再想办法解决。

"珍珠港事件"后，美国向德、日宣战。巡航在美国东岸的德国潜艇，击沉了很多毫无反击能力的美国货船。美国人开始意识到，他们也需要掌握德国海军的动向。此时，仓促参战的美国人向英国求援了。英国政府把图灵派到了美国，向盟友传授破解德军密码的经验和技巧。1943年夏天，德军在斯大林格勒失利之后，希特勒欲通过将部队及坦克运往苏联城市库尔斯

当图灵第一次启动这台机器时，那轰隆作响的声音在他心中一定堪比天籁。

克，以此重夺主动权。

为高效工作，图灵再次需要一台机器，炸弹解密机已过时，需要更新的技术。图灵找来电子学专家汤米·佛劳斯（Tommy Flowers），电子学是新技术，以真空管和电子管为基础。这个时期的电器只有几个电子管，最多也只是几十个，但佛劳斯要安装2000个电子管的机器。工程师们认为，大量运用电子管不太可行，用几十个还可以，用几千个就会被认为很疯狂。佛劳斯很坚定，他知道自己是对的，他回到位于伦敦北部的实验室，打造了一台全电子的机器，他知道破译者需要这种机器，因为实在太大了，被命名为"巨人"。这台机器的性能让图灵欣喜若狂，他所梦想的机器智能突然间看起来不再是白日梦。1944年起，"巨人"自动破译了德军参谋部最高层军官的往来交流，盟军掌握了德军交流的核心后，有条不紊地玩起"二战"中最大的恶作剧——坚忍行动。

坚忍行动发生于诺曼底登陆之前，它的目的是使德军认为登陆地点不是诺曼底海滩，而是更往东的地方。果然，希特勒没有全力迎战诺曼底登陆，他保留了力量，等待加莱海滩的登陆。布莱切利的老兵、历史学家哈里·辛斯里（Harry Hinsley）说，如果战争不是在1945年结束，结果很可能第一枚原子弹不是投在广岛，而是在柏林。

不会有原子弹投放到柏林，1945年5月8日，盟军迎来庆祝战胜纳粹的日子。

战争结束，大量的解密机被直接拆卸，所有的部件都被回收，所有的工作人员也都被遣返回家，并被告知不许再谈及发生在布莱切利的任何事情，就当这里所有的一切都未曾发生过。即使是丘吉尔，他承认了这些情报工作者的工作，并且认为图灵的工作是对整个同盟国胜利的最大贡献，但也没有在自己的回忆录中对这段历史有半个字的描述。

走出"二战"硝烟的图灵继续着他的科研工作。1948年,他提前几十年预见了人工智能和人工神经网络的发展。1950年,他首先编写了少量计算机程序,其中包括了第一个象棋程序。

1950年,他在论文《计算机器与智能》(Computing Machinery and Intelligence)中,开篇就问了这样一个问题:机器能思考吗?这个问题启发了无穷的想象,一个人工智能的新时代即将开始。

令人唏嘘的是,图灵生前没有等到任何人来回答他"机器能思考吗",就早早地结束了生命。[1]因为同性恋身份,他被定为猥亵罪需要入刑,当时面临两种选择:服刑,或接受"化学阉割",图灵选择了后者。在进行了长达一年的雌性激素注射后,1954年6月7日,图灵被发现死于家中的床上,床头放着一只被咬了一口的苹果。警方调查后认为死因是剧毒的氰化物中毒,调查结论为自杀,当时图灵41岁。

一位伟大的英雄与世长辞。图灵让科学世界里又多了一个"苹果的故事"。这只苹果却是一个科学家人生的苦果,包含了他的科学成果、他的希望、他的恐惧,以及难以启齿的羞辱与痛苦。直到2013年12月24日,在英国司法部长克里斯·格雷灵(Chris Grayling)的要求下,英国女王给予了图灵皇家赦免。

今天的布莱切利庄园,因为《模仿游戏》,吸引了很多游客。工作人员

---

[1]其实,早在战争之前,图灵还在剑桥工作的时候,他的"图灵机"就在问这样一个问题:你是否能够制造一台本质上能进行数学和逻辑流程工作的机器?虽然,我们不会觉得图灵在那个时候哪怕曾有一秒钟的时间去假定他的想法能演变成我们今天见到的计算机,但不可否认的是,一些关于计算机的很基本的想法思路,图灵的确在20世纪30年代就开始思考了,而布莱切利的经历,让他更进一步地探索了一些想法。炸弹解密机的诞生,是为了抗衡恩尼格玛机,其实也是在探究另一台机器上的人工错误,这种探究或许就是一种"机器的思考"吧。

我的身后，曾发生过一场没有硝烟的战争。

按照当年工作的场景对园区做了修复。行走在庄园内，你可以听到丘吉尔做的战时演讲，耳畔还会时不时响起轰炸声、前方士兵浴血搏击的声音。一边是外面世界的炮火连天，一边是布莱切利庄园的静谧；一边是前方的浴血搏击，一边是布莱切利里没有硝烟的战争。这场战争不动声色、斗智斗勇，是机器与机器的较量，也是机器背后的人类智力的对决，更是一种意志的对决——发生在布莱切利庄园内的战争绝对不可以输掉，而我们也绝对不可以忘记一个名字：阿兰·图灵。

机器能思考吗？如果一台机器隔着房间与人类对话，每次有30个测试者，如果没有超过1/3的人识别出它的机器身份，那么这台计算机便具备智能。这就是著名的图灵测试。图灵奠定了现代计算机科学的基础和人工智能的雏形，被称作"计算机之父"和"人工智能之父"。

1946年，世界上第一台通用计算机"埃尼亚克"（Eniac）诞生，它长30.48米，占地约170平方米。它能够重新编程，速度是机电式计算机的1000倍、人工计算的20万倍。机器日益强大的计算能力让人们不断思考图灵提出的问题。1956年的夏天，美国汉诺威小镇的达特茅斯学院，迎来一群踌躇满志的天才。他们表示：我们的研究基于这样的推测——学习的每一个方面和智能的任何特征，原则上都能被精确地描述，并可以被机器模仿。他们要尝试，让机器能够使用语言、形成抽象概念，还能解决人类现存的各种问题。

这次会议被命名为"人工智能夏季研讨会"，"人工智能"这个词被首次提出，达特茅斯会议也成为了人工智能的发端。

人工智能真的来了

了不起的 Watson

2017 年 5 月，中国乌镇，世界围棋史上最年轻的四冠王、中国围棋职业九段棋手柯洁与 DeepMind 的 AlphaGo 巅峰对决，让世人期待已久，却毫无悬念地以 AlphaGo 战胜人类选手告终。一年前，AlphaGo 与韩国选手李世石九段的人机大战仿佛就在昨天，AlphaGo 似乎在围棋领域达到了"独孤求败"的境界。虽然我们必须要说，AlphaGo 无法体会人类下围棋的乐趣，因为它没有感情、没有意识，但是它所表现出来的强大智能，足以让它成为人工智能领域的"代表人物"。似乎一提到人工智能，就能立马想到 AlphaGo。

我们必须认识到，像 AlphaGo 这样的系统，是为了某个特定任务设立的。但现实问题是，如果你证明了机器可以做某一件特定的事，你怎么就能认定它不能完成现实世界中的其他事情呢？参与比赛的机器背后那些有意思的技术，最终需要解决的是，它将如何进入人类的生活，为人类需要做的事情做出更好的支持。谈及这个观点，不得不提及也曾从人机大战出道、一夜爆红，如今已

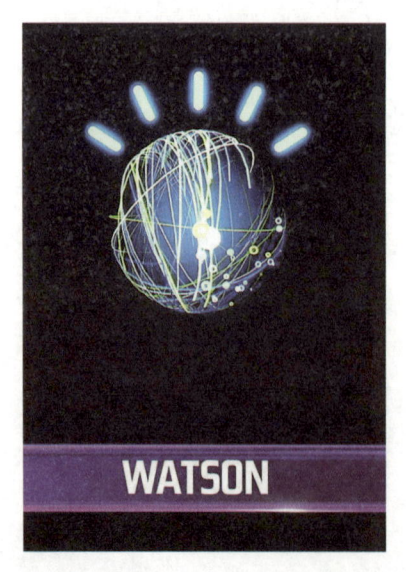

这就是 IBM Watson！

IBM 用一场大型挑战宣告：Watson 来了！

经应用到商业领域的另一个人工智能界"最强大脑"——IBM Watson。

如果经常乘坐国际航班，就会很容易看到一则广告：一个在电脑屏幕上跳动着、闪烁着金光，还有很多曲线围绕的地球造型，用俏皮的男性声音对网球冠军小威廉姆斯（Serena Williams）说："小威，你是一个强劲的对手。我分析过你的一些重要比赛，在落后 1 分的情况下，你发出 Ace 球（发球得分）的概率会是其他顶尖选手的 5.8 倍。"小威说："Watson，你听上去就像一位教练。"Watson 谦虚又自信地回答："我不是，但我能根据所记录的体征数据来制定你的训练计划，你可以把我当作是认知技术领域的你。"小威友善地说："Watson，我可没你那么厉害。"

这是 IBM 关于他们近年来最引以为傲的产品 Watson 的推广广告，它带着强烈的自信，也不乏诙谐，Watson 的一举成名源于 2011 年北美热播的一档智力问答电视节目《危险边缘》。IBM 派出 Watson，PK 节目历史上赢得奖金最多的人类选手，经过激烈角逐，Watson 以 77147 美元的奖金完胜人类答题高手，获得冠军。

IBM 其实一直都是人工智能领域的先行者。1997 年，IBM 研发的超级计算机"深蓝"战胜世界排名第一的国际象棋冠军加里·卡斯帕罗夫（Gary Kasparov）。卡斯帕罗夫年少成名，被誉为有史以来最伟大的棋手，但他一分钟最多能思考三步棋。与之对阵的"深蓝"，存储了 100 年来几乎所有顶级大师的开局和残局棋谱，一秒钟内能计算两亿步棋。"深蓝"不知疲倦，没有情绪，在赛场上肆无忌惮地高速运算。卡斯帕罗夫在最后一局决胜中仅仅走了 19 步便丧失信心，懊恼离场。

遗憾的是，1997 年时，普通大众对人工智能还没什么概念，"深蓝"昙花一现，随后也被拆除，送入了博物馆。但 IBM 对科学探索的冒险精神，一如既往地保留下来。研发人员又花了十年时间，研究后台技术——他们一直期待着下一场大型的挑战，IBM Watson 横空出世。

Watson 究竟是怎样的一个存在？我来到了 IBM 位于纽约郊区的研究中心，见到了这位神秘挑战者以及创造它的幕后团队。这是一间有着严密安保系统的大型机房，我只被允许通过一面小小准备室的玻璃窗瞥见整齐排列的大型计算机布阵的一部分。

在机房外有着高大落地玻璃窗的 IBM 图书馆，光线充足。IBM 认知计算首席科学家古鲁都斯·巴纳瓦尔（Guruduth Banavar）接受了我的采访。这位印度裔科学家抱着"科技改变世界"的梦想来到 IBM，并且参与到这个伟大的项目中。当年，团队中的一位同事在酒吧发现所有的人都聚集在电视机前观看《危险边缘》。所有的人都兴致勃勃，这个场景立即让古鲁都斯和他的同事们躁动不安起来。他们将一直渴望发生的新一场挑战目标锁定为《危险边缘》，他们要建造一套能与人类智力竞答能力相匹敌的认知计算系统！

当时，在他们的研发中心里，已经在做一个关于问答的小项目，问题都是关于Who、What、Where、When。为什么不能把问题延伸到《危险边缘》里的问题呢？比如体育、电影、历史、文化……心动不如行动，说干就干！

时势造Watson！之所以给这套计算系统取名叫"Watson"，是为了纪念IBM的创始人之一托马斯·约翰·沃森（Thomas·J·Watson），他是IBM最成功的CEO之一。

印度裔科学家古鲁都斯·巴纳瓦尔抱着"科技改变世界"的梦想来到IBM。

《危险边缘》以高难度著称，比赛采取抢答的形式，问题内容涵盖广泛，能在竞赛中拔得头筹的都是上知天文、下知地理的天才和学霸。IBM组建了一个拥有不同专业知识和背景的团队，从2007年到2011年，对这套认知计算系统进行了长达四年的魔鬼训练。不同的问题由不同的小团队去负责，有的团队负责问题回答与问题解决机制，有的负责语言认知，还有比赛策略团队，负责决定Watson控制局面应该用哪些线索，以及在某个需要下赌注的机会上下多少赌注。因为很难推测出究竟哪种技术确实有用，专家们干脆以一种混合的方式去整合所有的内容，并建立一个数据模型。

研发人员要面临的第一个大难题是找到他们可以用来训练Watson的数据。如果要给机器输入两亿页的文件，这个数据总量可能相当于过去十年内地球上所有报纸的总和，这将会是数百万篇文章，可能会是一个国家所有图书馆的数据，也可能相当于我们每个人要读250亿个字节——总之需要很大量的数据给机器学习作为例子，关键是数据还一直以指数级增长。没有人能理解所有的数据，研发人员教给机器的还只是海量数据的一个小子集，他们找到这些海量数据中最好的例子，教会机器根据已有的例子去理解剩下的数据，找出与研发人员所给的例子看上去相似的规律，这就是机器学习的过程。

当时他们将《世界图书百科全书》(The World Book Encyclopedia) 输进了Watson的"大脑"，但很多需要让它学习的数据在百科全书里甚至都没有，有些就是报纸上关于昨天发生的新闻，Watson同样也要将这些作为例子来学习，还有很多文化领域方面的内容也不会都出现在百科全书里。所以研发人员费尽心机地搜集数据，这着实考验他们的耐心。

如何让Watson在互动时可以参照实际时间，提高搜索的效率？如何让机器像人类一样，在几秒钟，或者几毫秒内做到一件事，或者至少得将时间从几天缩短到几个小时乃至几微秒？这又是一个巨大的挑战。研发人员需要不断优化系统，他们需要不断地推翻重来、推翻重来，每天看着机器进步一点点，再进步一点点。对于系统的每次局部的改变，都是一次牵一发而动全身的自我折虐过程。古鲁都斯说："之前从来没有人这样做过，这是一件历史性的事情。"

最终，他们通过并行处理架构将服务器连接起来，使得Watson的答题时间能从20分钟缩短到仅仅3秒。Watson憨萌可爱的地球造型背后竟是一套由90台IBM服务器、360个计算机芯片驱动组成，相当于一套有10台普通冰箱那么大的计算系统。它拥有15TB内存、2880个处理器，每秒可进行80万亿次运算。每当被问到问题后，Watson就会利用深度自然语言处理技术产生若干候选答案，并根据诸多不同标准来评估这些答案，

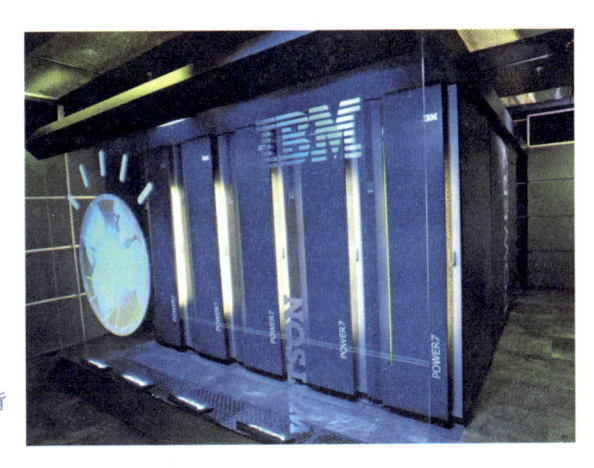

IBM Watson 憨萌可爱的造型背后其实是一套巨大的计算系统。

最终产生它认为的精准答案，并输出成人类自然语言，进行回答。Watson 有一个选择合适答案的策略，它依赖于自己对这个答案的确定程度，也依赖于它在赌什么，也就是它所承担的风险，所以研发人员会收集博弈理论，让 Watson 可以根据风险和回报来做出决定。这件事很明显跟数据无关，看上去像是 Watson 具有一定的人类思维，这是一个很神奇的过程。

值得一提的是对于 Watson 形象的设计。它不是一个简单的地球造型，有很多小球绕着主心骨地球旋转，其中有一个主导的小球，沿着球体表面旋转，其余 40 个跟随其后，企图赶超领先者。当 Watson 有很高自信回答正确的时候，主导的小球就会出现在地球的顶端，如果自信很低时答错了，就会跌到底部。设计师还为不同水准的自信度绘制了四种不同颜色，绿色表示 Watson 有很高的自信，几乎拿得标准答案了。

Watson 最了不起的地方，还是对人类自然语言的理解。在组成 Watson 系统的诸多技术中，最有趣的一个技术应该就是让 Watson 可以像人类自然交流那样，与人类进行对话。

《危险边缘》中有些问题的提问方式比较特别，比如说，一个问题不是用疑问句，而是用陈述句表达，他不是在问你 What，也不是问你 Why，更不是问你 How，Watson 得琢磨，主持人究竟在问什么。IBM Watson 研究中心主任埃里克·布朗（Eric Brown）告诉我，他们需要去研究《危险边缘》的出题规律，并且将这些规律翻译成机器语言，让系统可以在后台对这些提问方式进行处理，最终让 Watson 可以轻松理解，主持人虽然用的是陈述句，实际上是一种提问的方式，甚至当一段陈述句被说出来时，Watson 很快就能 Get 到这段话中题眼在哪里。

可是，人类自然语言中的双关语、谜语之类的信息，对 Watson 还是存在巨大的挑战，有些时候它还会在一些人类肯定不会犯的错误上犯傻，比如答题线索是关于某个男人的，而 Watson 给出的回答却是女人；再比如都知道的多伦多是加拿大的城市，Watson 却把多伦多归入了美国。

坐在观众席的科学家，一开始的反应是："天哪，这明显错了！"但是事后当科学家们做了错误分析并且研究发生了什么以后，可以看出后台的推理过程，这又促进他们不断地完善系统，而 Watson 发生的错误也仅仅都是通往成功道路上有惊无险的小插曲。

最终，团队获得了巨大的成就，他们既幸福又兴奋。这个团队一开始只有十二三个人，经过四年时间，他们非常努力地做了深层研究，建立了一个以非常公开的方式去展示的超强大脑系统。到了 2011 年底，他们增加到了大约 25 个核心研究者，接着是一个更大的延伸团队去做 IBM 全球研究实验。为了进行这场比赛，研发人员做了至少 8000 次实验，甚至举办了 155 场模拟赛，邀请曾经参加过《危险边缘》的选手们来与 Watson 对战。为了让 Watson 更好地了解发音，研发人员甚至打电话到一些饭店去询问工作人员某个菜名如何发音、不同城市名或人名如何发音。

IBM 的科学狂人们就这样，用一场刺激性的挑战宣告了他们新一代计算系统 Watson 华丽亮相。原以为赢得比赛便是到达终点，但很快不安分的心又蠢蠢欲动。这个世界对他们来说，似乎永远存在没有完成的事情。他们很快意识到，比赛仅仅只是开始，如何将机器的这种问答能力带入到现实世界中，是他们将要面临的更大挑战。

Watson 的跨界亮相

　　即使在医疗科技发达的今天，医生们在诊断病情时，还是很大程度地依靠经验。特别是在影像学的"读片"方面，一张 CT 中肺部的一个点，究竟是血管，是钙化点，还是肿瘤，医生们常常各有见解。于是，各种会诊室外，病人和家属只有焦急地踱步，等待医生的"判决"。而即使是资深专家，也有看走眼的时候，更何况大量中小医院的医生还没有这份深厚的功力。

　　凭借智力竞答出道的 IBM Watson，启发了 IBM 通过认知技术实现商业模式变革。不同领域的人们在日常生活中会面临很多很困难的问题，你可能有很多数据，面临很多选择，有很多信息都不记得是来自书本，还是来自本人的经验或者身边其他人，可是你却要做出决定，你需要找到最优方案。这个时候，Watson 就起到作用了，它是一套拥有很多能力的认知计算系统，可以与人互动，可以从数据和知识中学习，也可以通过数据和知识进行推理，它能涉及很多领域，就像是这个领域最优秀的毕业生，它可以为决策者提供选择。

Watson首先就被运用到了跟"生死"相关的健康护理领域。有趣的是，Watson在《危险边缘》一炮而红后，节目的粉丝，同时也是患者，竟然给IBM打电话，询问他们有没有将健康护理方面的问题"教"给Watson，患者觉得Watson可以帮到他们。

医生在工作中有很多难点，比如说了解患者过去10年或20年的就诊史，比如过去这个患者做过的所有诊断、用过的所有药物、他的家族史、基因等，还比如理解大部头的并且不断更新的医学文献——每年在医药和生命科学方面有70万份新的期刊文章。如何帮助医生利用好医学上的最新研究成果，以及如何帮助医生针对上述问题提出解决方案，或许这对于Watson来说，既是挑战，更是机遇。

IBM一位叫约翰·史密斯（John Smith）的院士向我们展示了他们当时正在做的黑色素瘤图像分析，这是一项与皮肤癌相关的科技。皮肤癌是一种很常见的疾病，每年它在全世界可能会影响到将近200万人，黑色素瘤是皮肤癌当中最危险的一种，是皮肤癌的主要死亡原因之一。当患者有了皮肤病变，他们会担心这是不是皮肤癌或者黑色素瘤，皮肤病学家或者医生需要对病变做出一些评估。而今天很不幸的是，医生们对这种评估的确定性并不高。目前最好的临床学家也只有75%～84%的准确率，他们使用的是一种被称为"皮肤镜"的透镜，这种设备可以用来观察病变。IBM在研究的是一种通过训练机器观察图片，从而帮助医生对于病理问题做出正确决策的技术。

机器经过训练，正在学习可以帮助它区分各种图片的方法，有趣的是，这些方法和人类眼睛看到的不一样。IBM在这个项目里发现，机器学习这些方法可以比医生用肉眼效率更高。机器使用它学到的方法，在识别黑色素瘤方面精确度超过85%。

除了医疗领域，IBM Watson 可以帮助我们更好地理解天气。Watson 首先可以采集更多的数据，过去是从 200 万个地点采集数据，现在可以从 20 亿个地方采集，并且在采集点装上传感器，雨刮器上、汽车上、大楼上都有，这让人类可以对大气了解更多，并且可以做出更加精确的预测。IBM 高级副总裁、负责 Watson 及云平台的大卫·肯尼（David Kenny）告诉我们，他们改进了精确度，在过去三年里，错误率减半，他们计划在接下来的两到三年再降低一半。这项技术可以在大气中间预测到波动，可以更好地告诉飞行员波动在哪里，使得航空波动在过去两年内减少了一半。

除了医疗、航空，这套强大的认知计算系统还可以应用到教育、金融、媒体、新闻、法律等领域，也可以应用在要做艰难决定的特殊领域。迄今为止，IBM 对 Watson 的投资已经超过 30 亿美元。这套系统帮助客户增加附加值，给他们提供更好的实时信息，以便更高效地做出更好的决定。很快，我向 IBM 的专家们开启了刨根问底的记者模式——

Q：Watson 可能犯错吗？

A：当然，Watson 有一定的信心度，但很多时候它并不能百分百确定这个回答是对的，它会说："这是我能找到的最好的三个答案，我的信心度是这样的。"几乎从不，或者说很少有什么时候信心度会是 100%。就好像我们永远只会说这个指纹是 99% 吻合的，永远不会说这个就是或者不是你的指纹。在很多应用中，准确率达到 80%、85%、90% 可能就很好了，因为当人类去做同样的选择或者看同样的数据，他们恐怕连 60% 都达不到。Watson 在某些方面永远无法达到人类能达到的水平，比如价值判断，比如理解一些"人之常情"。涉及社交、政治、伦理这些领域的，人类能做得更好，因为是进化论帮助人类达到这一点。

Q：马文·明斯基说过，人脑和机器之间其实是没有基本差异的，即使情绪也可以被解释成关掉你脑子里一个开关，然后打开另外一个。所以有位科学家说，我们无法预测机器了解情绪甚至是价值判断的可能性。你怎么想？

A：电脑可以通过观察人类所使用的语言、面部表情、手势等，部分地理解人类的情绪，但是很难说机器可以体会到同样的情绪。这很难，理解情绪和体会情绪是不同的事情。

Q：幽默感呢？

A：那就更难了，如果你看过《星际迷航》(Star Trek)，达塔指挥官最难做到的一件事就是理解幽默感。即使过了很多年，乃至在一艘船上过了很多个世纪，也依旧如此。因为语言是一回事，它的分析和背景完全是另一回事。所有最基本的感知，包括看、听、摸、闻，所有这些对机器来说都很容易。感知是第一层认知，而学习、理解、推理、经验和决定，这些才是认知中困难的部分。

Q：关于伦理方面呢？

A：伦理方面的内容在构建这些科技的时候必须考虑进来，IBM已经有所行动，我们试图教会机器有同情心，教会它们人类的价值观，这样它们就可以为整个系统获取最大化的利益。

IBM的科学家并没有觉得自己的产品包打天下，他们既自豪于自己研发的人工智能的高超之处，又毫无疑问地表达了在很多方面还不成熟。上面的一组问答，让我对这个团队颇有几分好感，而他们的回答，也一定会引起我们更深的思考——"关于Watson，关于我们的未来"。

在研究中心的另一个房间，我看到了6个月大的罗西（Roise）。罗西的大脑正是 Watson 系统，我抱起它，它突然转过头来盯着我，我竟和一个小机器人四目相对，它的眼神很纯真。罗西虽然还只能进行有限的对话，比如我问它："罗西，你是个女孩吗？"罗西的回答却是："你是想说再见吗？"它大概是混淆了英语中的 Girl 和 Goodbye。但以人类 6 个月的智能来衡量，罗西真的是一个非常聪明可爱的宝贝。照着这样的速度成长，我期待看到它长大的样子。

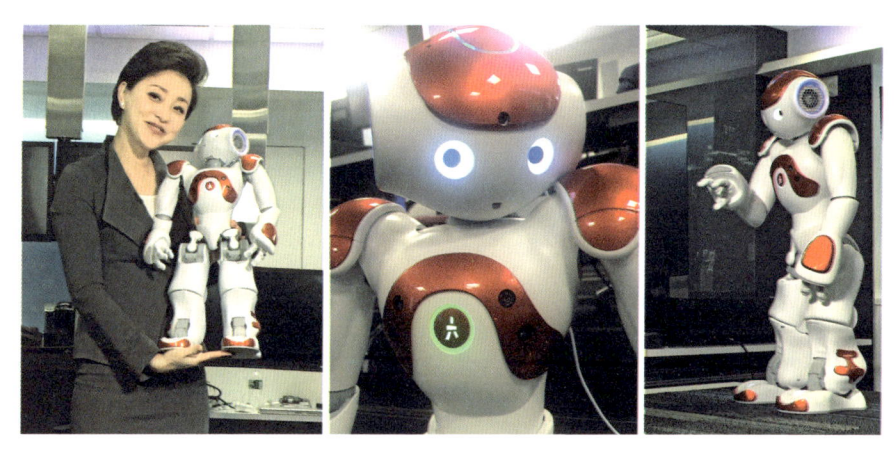

我期待看到罗西长大的样子。（机器人造型来自法国 Aldebaran Robotics 公司 Nao 机器人）

深度学习有多"深"？

人类是如何认知世界的？我们的大脑前额叶皮质是认知发生的主要区域。它是人类大脑进化中变化最大的部分，有着广泛复杂的神经联系。它主要负责认知、记忆、判断、分析、思考，而且善于纠错。我们的大脑中有近千亿的神经元，每个神经元又有数千突触，突触之间以生物电流相连接，形成回路，而这样的回路是可以改变的。比如你过去以为所有的天鹅都是白色的，直到遇见一只黑天鹅。从此以后，你对"天鹅"的认知就有了改变。这就是我们的学习过程。

什么是机器的"深度学习"呢？"卷积神经网络之父"、深度学习领袖人物之一的扬·乐昆教授（Yann LeCun）这样定义"深度学习"：" '深度学习'是机器学习的一种特定技术，之所以称之为'深度'，是因为它可以有很多层结构。传统的电脑神经网络层数少，采用完全的链接，有大量参数需要计算，而深度学习利用多层链接，每一层完成的任务有限，从像素到物体的边缘再到核心，直到辨认出清晰的图像，这样就减少了每一层的计算量。这个结构的设计，受到了人类神经系统工作机制的启发，就像飞机的设计灵感源自鸟类一样。"深度学习建立在大数据基础上，用大数据对机器进行训练，在反向传播中不断纠错。举例来说，如果你想让机器学会识别桌椅或汽车，就给它看大量的桌椅和汽车的图片，每次展示一张图片，就等着机器生成一个答案。如果答案不正确，就告诉机器这是一辆汽车或一张桌子、一把椅子，机器就会调整它内部的配置和参数。下次如果再给机器看同一张图片，机器就能识别出来。如果有足够多的图片，机器最终会找到汽车或桌椅的本质特征。

深度学习的核心计算模型是"人工神经网络"（Artificial Neural Network，ANN），扬·乐昆所研究的"卷积神经网络"（Convolutional Neural Network，CNN）是人工神经网络最主要的一种升华。人工神经网络的灵感，源自对神经生物学的深刻理解，用机器来模仿大脑的工作机制，通过神经元的联结来传递和处理信息。神经元之间由突触连接，大脑在进行学习和记忆时，表现为这些联结的功效改变，神经元联结的强度会通过学习来改变。1949年，加拿大心理学家唐纳德·赫布（Donald Hebb）创建"赫布理论"（Hebbian Theory），迈出机器学习的第一步。1959年，IBM科学家亚瑟·塞缪尔（Arthur Samuel）成功开发了一款跳棋程序，创造了

"卷积神经网络之父"扬·乐昆教授。

"机器学习"（Machine Learning）的概念。1957年，弗兰克·罗森布拉特（Frank Rosenblatt）提出"感知器"（Perceptron）概念，这是基于只有简单加减法运算的两层人工神经网络模型。1965年，A.G. 伊瓦赫年科（Alexey Grigorevich Ivakhnenko）提出建立多层人工神经网络的构想，这种基于多层神经网络的机器学习模型后来被人们称为"深度学习"。1969年，人工智能先驱、当时圈里的泰斗级人物马文·明斯基（Marvin Minsky）和知名专家西摩·派珀特（Seymour Papert）一起，写了《感知器》（Perceptrons）一书，扼杀了学界当时对神经网络的研究兴趣。明斯基认为，多层次神经网络的结构并不会使感知器强大到有实用价值。很快，神经网络被推到了计算机科学的边缘。

到20世纪80年代中期，杰弗里·辛顿（Geoffrey Hinton）、扬·乐昆

脸书人工智能研究实验室，一个充满想象的地方。

等人借助"反向传播算法"（Backpropagation），让神经网络能够有效进行数字、手写体等简单的图像识别，但当时的计算机运算能力还不足以识别真实世界的图像或者应用到更复杂的问题，因此再次衰亡。但他们并没有放弃，他们坚信实现机器智能的密码就隐藏在复杂的网络中，隐藏在一层层互相联结的神经元中。

我们在脸书（Facebook）位于纽约的人工智能研究实验室采访到扬·乐昆教授。乐昆目前是脸书人工智能研究实验室主任，同时还是纽约大学终身教授。脸书把这个实验室设在纽约，很大一部分原因是为了方便常驻纽约的乐昆。2013年12月，脸书掌门人马克·扎克伯格（Mark Zuckerberg）聘他担任全新的人工智能研究实验室主任，从50名研究人员发展至今有100多名的规模。这是脸书在人工智能基础研究方面的第一笔巨大投资，也为日后脸书发展虚拟社交场合以外的应用提供了可能性。将乐昆招致麾下，不夸张地说，脸书在人工智能领域的想象空间有多大——都掌握在乐昆手上。这位如今炙手可热的科技界"香饽饽"，回忆当年，甚是感慨："我们可谓是一帮狂热分子，因为神经网络当时口碑不佳，我们很难得到研究资助，很难说服学生做研究。但我们坚信这些东西会成功，我们所要做的，是向世界展示它能有效工作。"

早在20世纪80年代初，乐昆在巴黎读博士时，第一次读到感知器理论，立刻觉得这种算法很有价值，他不明白大家为什么会放弃它。于是他竭尽所能地搜索查阅各种相关的论文，无意中发现在美国有一小撮学者正在秘密地继续神经网络的研究工作，这个"地下组织"的灵魂人物便是辛顿。乐昆和辛顿很快成为一见如故的朋友，他们坚信"智能产生于人脑，从长远看，人工智能应该像大脑一样工作"。乐昆提出"卷积神经网络"的概念，并与辛顿等人引入"反向传播算法"。乐昆用模仿神经元的方法造出了能够识别手写文字的软件,帮助贝尔实验室的母公司 AT&T 卖出了第一批每小时能读取几千张支票的银行机,但大家很快发现"反向传播算法"很难应用到其他计算机问题上,这一方法又淡出了众人视线。

你对世界勇敢,世界才会对你微笑。2003 年,乐昆入职纽约大学之后,和辛顿,以及第三位志同道合的伙伴蒙特利尔大学教授约书亚·本希奥(Yoshua Bengio),组成了一个"深度学习的阴谋"(Deep Learning Conspiracy)小团体,他们要掀起一场"深度学习"的革命。2006 年,辛顿和西蒙·欧辛德罗(Simon Osindero)、郑怀宇(Yee-Whye The)合著的论文《一种深度置信网络的快速学习算法》发表,宣告了深度学习时代真的来了。

到了 2010 年,深度学习在很多实际应用中开始显示出它的优势,但神经网络对很多研究者来说还比较陌生。2012 年,辛顿带领学生向 ImageNet 国际挑战赛送去一个参赛模型,大幅提高了图像识别的准确率,这个模型便是卷积神经网络。

虽然这个突破不是由乐昆来完成的,但辛顿率领团队在挑战赛上所使用的技术来自乐昆的研究,很可惜乐昆和学生因为忙于其他事错过了这次参赛机会。但无论如何,2012 年,对乐昆来说都是历史性的一年,世界终于在这一年认可了他很早之前提出的观点。得益于 ImageNet 提供的海量信息财富,卷积神经网络重获新生。深度学习算法也从此成为了人工智能研究的主流,引爆人工智能第三次浪潮。辛顿、乐昆、本希奥这三剑客经过三十多年的不懈坚持,终于站到了人工智能主流研究的舞台中央。

深度学习终于能够见效,总结起来原因有二:一是我们今天拥有了具备强大计算能力的计算机,二是我们所处的社会拥有了大量的数据。我很认同"谷歌大脑"创始人吴恩达(Andrew Ng)的一句比喻:深度学习就像是建造火箭,如果你想造火箭,怎么做?太空火箭是个巨大的引擎,同样需要很多燃料。如果引擎太小或燃料不够,火箭哪儿都去不了。火箭引擎就是我们必须要训练的电脑,以及神经网络,燃料就是大数据,两者结合,火箭才能越飞越远。

深度学习不是万能算法

过去人类几千年的实验科学、几百年的理论科学,以及几十年的计算科学,似乎是由一些非常智慧的"最强大脑"引领的,例如牛顿、爱因斯坦,他们从比较小的数据中进行观察,比如看到一只苹果掉下来,会思考万有引力;观察到在不同铁轨上迎面开来的两列火车,考虑到相对运动的问题,然后再进行推理演绎,归纳出一条定律或一个公理。中国人工智能学会理事长、工程院院士李德毅却认为如今的大数据时代下,已经不太可能再出现像牛顿、爱因斯坦这样用一个约束好的方程来描述一个规律的科学家。大数据改变了我们对整个世界的管理方法,我们不再是简单地靠一个天才想象一个公理来演绎,相反,我们是通过大数据来归纳,而且在归纳过程中,还需要特别注意一些特例现象。所以,我们有了大数据,我们需要强调个性化,强调对数据的收集和挖掘。机器的深度学习便是上述现象的一个缩影。

当然,深度学习虽然足够让大多数人工智能的研究者为之振奋,却还是具有明显的局限性。如何让机器学会常识、直觉，对机器和研究者来说，都是大难题。怎么去做一个策划或计划安排，而不是做一次性的决定，比如我们要有一次很好的旅游体验，不是买张机票就解决了，我可能要知道去什么地方、做哪些事情、住什么酒店、吃什么食物、看什么景点，需要有计划安排，深度学习还是没有办法做到的。

如果小孩子要认识苹果，妈妈要给他识别一万只甚至更多苹果，他才能认出"这是只苹果"，妈妈一定要崩溃了。小孩子学习认识苹果，你只要告诉他这是苹果，也许给他看三只苹果，他就能完全认知"苹果"的概念，而不用给他展示一万只苹果。再比如机器虽然可以从一堆图片中辨认出某种鸟类，也能识别哪种会飞、哪种不会飞，但需要成千上万甚至更多的例图，并且始终不会明白为什么这种鸟会飞、那种鸟不会飞。因为有些数据不可能大量提取，成本太高，就好像如果学开车不可能要出过很多次车祸才能学会不撞车。

还有一点不可忽视，研究者通常只是知道机器是否在深度学习，很难说出机器自身的程序、参数究竟怎么在学习，看上去就像是一个"黑盒子"，甚至有时候机器会出现一些出乎意料的学习结果，这也引发一些哲学层面的思考：机器会不会失控，会不会给人类带来一些恼人的结果？

这些未解之谜，都等待着我们一步步探索、一步步解决，不故步自封，亦不妄自菲薄。这也许就是科学本来的样子，学无止境，但总有执着的人为之跋涉。乐昆说："这正是我们现在做的——训练机器和预测未来会发生什么，就算那个未来可能是我们无法想象的。"

Chapter 02

In Search of
Artificial Intelligence

智能时代，
"诸神"的狂欢

人工智能真的来了

ImageNet 的洪荒之力

从地球上第一个长出眼睛的生物——三叶虫算起，到今天，人类视觉的进化经历了 5 亿 4000 万年的漫长旅程。人类能获得今天的视觉能力，是大自然长期训练的结果。大自然还将我们的大脑训练成最聪明的经济学家，知道如何最高效地利用空间和能源。我们大脑皮层的 1/3 是视觉皮层，这意味着，视觉是一个对生存来讲最重要的感知系统，同时，它也是最难的。什么是视觉，难道就是眼睛吗？眼睛仅仅是窗口，主机其实是我们的大脑。视觉是人类获取信息最重要的渠道，我们的眼睛好比相机镜头，用来采集图像，而负责识别和理解的则是我们的大脑。

如今，我们已经能制造出高精度的计算机眼睛，科学家需要找到方法来建造计算机的大脑。该如何让机器理解庞大的视觉信息，学会看懂这个世界？对机器来说，这是一件很难的事情。

李飞飞 2005 年进入加州理工学院攻读博士，后来领导斯坦福大学的视觉实验室，这位在科学圈里屈指可数的女科学家，和她的导师、合作者，还有学生，一直致力于教机器如何去"看"，她的研究方向叫作"计算机视觉与机器学习"，这是人工智能最重要的分支之一。李飞飞希望能教会计算机像人类一样"看见"事物，可以识别出物体，可以辨别你是谁，可以推断物体的立体形状，还可以理解事物之间的关联、人的情绪、动作以及意图。

理想丰满，现实骨感。李飞飞和她的同事们可以算作第一代计算机视觉

我喜欢李飞飞的这件 T 恤，上面印着"AI 改变世界，谁来改变 AI"。

领域的学者，他们最开始用数学的语言告诉计算机：猫有着圆脸、胖身子、两只尖尖的耳朵，还有一条尾巴，这样的算法乍一看没问题，但如果机器遇到一只蜷缩着身体的猫呢？或者一只傻傻的猫呢？机器就不一定能认出来猫了。李飞飞意识到，曾经普遍采用的统计学和概率学方法，数据集太小，存在瓶颈。

但是同样的事情如果发生在一个两三岁的小孩子身上，不管这只猫站着、躺着、趴着、聪明着、犯傻着，他都能认得出来。看上去，机器的智力连一个两三岁孩子都不如。究其原因：别看一个孩子两岁的时候就能识别物体，但是从出生到两岁，他已经看过了成千上万乃至上亿张图片，因为他的眼睛随时都在观察自然环境。我们的眼球转动一次的平均时间大约是 200 毫秒，如果把每一次转动比作按下一次相机快门的话，一个两三岁大的孩子已经看过了上亿张现实世界的图片——这是一个海量的训练数据。

所以，与其孤立地关注于算法的优化、再优化，倒不如把关注点转移到给算法提供数据上面来。李飞飞从婴儿的身上找到了灵感，她决定收集大量的数据，这个数据集必须比之前有过的任何数据库都要丰富，甚至丰富数千倍。这意味着李飞飞和她的团队要开始一段艰难的研究。

通过与普林斯顿大学李凯教授合作，李飞飞在 2007 年发起了 ImageNet 计划。她告诉自己的博士生邓嘉："你要是自己不吃不喝不睡，每天都坐在那标注图片，大概 20 年后可以毕业吧！"这个同样来自中国的年轻学者并没被即将开始的漫长的苦行僧般的研究吓倒。他们从互联网上下载了上亿幅图片。在三年的时间里，通过亚马逊的平台，来自 167 个国家的五万个工作者，参与了在线图片的筛选、排序、标注工作。这五万个在线的工作者，他们不知道，虽然他们这么多人加在一起投入的精力，只是去捕捉一个小婴儿在他早期发育阶段可能获取的很小一部分图像，但是这项工作却是人工智能领域里程碑式的项目。

2009 年，ImageNet 诞生了，1500 万张标注的图片，涉及 22000 个类

斯坦福大学人工智能实验室里，总是充满各种头脑风暴。

别。这是一个规模空前的巨无霸似的数据库。苦行僧般的经历换来了前所未有的兴奋，李飞飞和她的团队公开了整个数据库，免费提供给全世界的研究团体，他们希望整个研究界能从中受益。有了这个用来培育计算机大脑的数据库，科研者们又可以回到"算法"本身上了。

2010年，李飞飞推出计算机自动识别图像的ImageNet国际挑战赛，来自顶级高校和研究机构的参赛者们，为了降低百分之零点几的错误率，展开了激烈的竞争。

2012年的ImageNet国际挑战赛上，杰弗里·辛顿（Geoffrey Hinton）团队送来的参赛模型大获全胜，让扬·乐昆（Yann LeCun）提出的卷积神经网络（Convolutional Neural Network，CNN）大放异彩。辛顿团队很快写了一篇论文，名为《分类标识法》（*ImageNet Classification*），将"深度学习"（Deep Learning）理论做了详细的阐述。卷积神经网络，是深度学习的一种，在随后的日子里，它以难以想象的方式蓬勃发展，在图像识别领域，产生了各种激动人心的新成果。

> 先教会计算机识别出物体，然后再教它如何识别简单背景，接着是识别复杂的背景，再下一步可能背景比较混乱。但如果一个画面里有一只猫在追一只狗，或者在追另外一只猫，它们之间的关系是怎样？狗在害怕吗？猫是什么表情？在这方面的研究还处于起步阶段。
>
> 人类儿童在认知世界时不仅仅是通过一张张定格的图片，而是

在实践中不断地认知它的变化,并通过自己的感官,去看、去嗅、去摸、去听,从而完善对它的认知。而人工智能目前的视觉识别方式,与之相比,还相当初级。

不仅要教计算机学会"看",还要让它能生成句子。这样一来,计算机就需要从图片和人类创造的自然语句中同时进行学习,就像我们的大脑,能把视觉现象和语言融合在一起。为此,一个可以把一部分视觉信息(如视觉片段)与语句中的文字、短语联系起来的"计算机视觉模型"在李飞飞和她的伙伴们的手中诞生。计算机在看到图片的第一时间,就有能力生成类似人类语言的句子,但是计算机还有很多要学的知识,它还会犯很多错误,它依然不能像人类一样,欣赏大自然的美景,并给予丰富的表达——虽然已经取得了难以置信的成就。

科研就是一个翻山越岭的过程,你去征服一座高山,再去征服下一座峻岭。同时还是两个孩子母亲的李飞飞,对待机器就像是培养她的另一个孩子。看着自己的孩子,有一天突然会爬了,会走了,会叫人了,再多的汗水和等待都会换来惊喜。只是,这个孩子的母亲,她还有一个身份——科学家。看着一步一步学会更多的机器,李飞飞更多的是一种"终于做出来,还好我没放弃"的情感,站在科学家的角度,她一直向着一个明确的方向砥砺前行。

人工智能"她力量"

我在李飞飞的办公室采访了她,采访当天,她穿了一件灰色的T恤,胸前印着"AI改变世界,谁来改变AI"的英文。她说,特别想让笛卡儿生活在今天,笛卡儿当年说"我思故我在",她很想知道笛卡儿会怎么看待现在的机器能够思考了。人文主义的AI,也就是Humanistic AI,这是李飞飞一个明确的思考角度。

李飞飞从小就很喜欢数学和科学,本科选择了普林斯顿大学物理系,当时怀着成为爱因斯坦的梦想。在接触物理的过程中,她发现其实在20世纪初期,最伟大的物理学家开始思考的问题已经从物理转向了生物。物理学家们在思考"人从哪里来""人的智能从哪里来"这样回归到人本身的问题,她的偶像爱因斯坦也是如此,所以她也开始关注这些问题。有意思的是,人

李飞飞希望有更多的女性可以加入到科技大家庭。

们印象中,爱读小说的多是女孩子,小说中的虚构世界会给爱做梦的女孩子无限遐想,在采访中,我倒是发现小说尤其是科幻小说影响了更多的男性科学家,指引李飞飞这位女性科学家走上科研探索之路的却是实实在在存在于现实中的科学大咖。李飞飞后来又开始关注神经生物学,大学时有几份实习都与神经生物学有关,于是,博士期间她选择了认知神经生物学方向。

就这样,李飞飞走上了研究人工智能的道路,成了科技领域屈指可数并硕果累累的女性。在斯坦福大学人工智能实验室,她是至今唯一的女性教授(他们一共有20位教授,这样看来,女教授的比例只有5%)。在整个人工智能研究领域中,女性可能都不会超过10%。李飞飞希望有更多的女性可以加入到科技的大家庭,为此,除了科研本身,李飞飞做了一件在她看来令整个斯坦福大学人工智能实验室都非常骄傲的事情,他们创办了世界上唯一一个

李飞飞幸福美满的一家,她的先生瑟威欧·萨瓦雷斯教授同样是在斯坦福大学工作,也是杰出的人工智能领域专家。

人工智能夏令营，也是唯一一个只面对女学生的人工智能夏令营。

采访李飞飞之前，我在这个人工智能女生夏令营的教室里坐了一会儿。我挺好奇，夏令营还要分男女？李飞飞的同事们告诉我："飞飞觉得特别应该鼓励女孩进入到STEM领域。"STEM都是大写，什么意思呢？就是科学、技术、工程、数学，加起来就是理工科了。

李飞飞将参加夏令营学生的年龄段选择在高中，这个年龄的孩子开始思考一些大的问题：他们是谁？他们的兴趣在哪里？大学应该学什么？他们想从事什么样的工作？从这个年龄段的孩子身上，李飞飞看到机会，她邀请这个年龄段的女孩，让她们接触一些人工智能领域最领先、最顶级的科技。

在加入斯坦福大学之前，李飞飞曾在普林斯顿大学做过教授，她发现，这些大学里的孩子不管是男孩女孩，都非常全面，文笔好，数学也好，他们可以做很多事情。男孩在选择人生方向的时候，会很想改变世界，很想对人类有所贡献，硅谷、极客文化，是男孩们的心之所向。很多女孩却说："我不Care极客文化，但是我会Care'无人车改变了老龄化'这个人类社会问题。"或者会说："我Care精准医疗（Precision Medicine）是否可以治愈癌症。"

这是一个有趣的发现，李飞飞说："你如果让一个男孩学人工智能，你只要跟他说这个事儿很酷就可以了；但是你要让一个女孩来的话，你就要告诉她，人工智能能够让你的祖父母生活得更有尊严。"在李飞飞看来，有更多的女性进入到科技研究领域，不仅是性别平等，同时也是让女性把对人文的关怀带入到科技的发展中，给科技以灵魂，给科技一颗有温度的心。基于此，这个夏令营特别重视的不仅是让这些女孩享受科技，更重要的是能看到科技最终是有人文关怀的。李飞飞举了一个例子：她的姥姥95岁了，离她很远，不能尽孝是她的一大遗憾。因为姥姥，李飞飞关注人工智能在陪护、医疗领域的应用，她希望姥姥可以用上自己的科研成果。

如果把人工智能领域的科学家比作一个大的理科班的话，李飞飞是这个班上屈指可数的女生，也是这个班上让男同学们佩服得翘起大拇指的"女神"。李飞飞是我从其他男性科学家口中听到的被提及最多的名字。她够聪明，搭建出巨无霸的数据库 ImageNet，让卷积神经网络重获新生，这足以让世界感慨科学世界中的"她力量"；她够励志，通过搜索引擎搜索"李飞飞"三个字，就能出现"中国女孩美国求学，开洗衣店挣学费"的故事。不仅如此，她可以在一次国家经费都申请不下来的情况下，做好"大不了开洗衣店贴补费用"也要把 ImageNet 做下去的打算，终于"守得云开见月明"；她可以在好心同事劝告她"飞飞，你别做这个工作了，不然连评终身教授可能都是个问题"的时候，不为所动，自己选择的路跪也要跪到终点；她可以在看到卷积神经网络因为 ImageNet 的帮助获得再次运用时，即使当时刚生下老大没几个月，却专门连夜买机票飞到意大利与相关专家进行头脑风暴。她就是李飞飞，爱穿一件灰色 T 恤，胸前印着"AI 改变世界，谁来改变 AI"的英文。

记得李飞飞曾经站在 TED 的讲台上，深情地说道："在我探索视觉智能的道路上，我不断地想到 Leo（她的儿子）和他未来生活的那个世界。我所追求的是赋予计算机视觉以智能，并为 Leo 和这个世界，创造更美好的未来。"采访的最后，我问李飞飞，在她看来有什么是机器无法取代人类的。她不假思索地说："我觉得只有一个词：Love。"

我们的每一项科技都代表着我们的价值观，我希望未来，它可以代表全人类的价值观。谁来承载起全人类的价值观呢？它包括男性，包括女性，包括不同的种族，包括从事不同行业的人们，这个非常非常重要。我经常跟我的同事和学生提一件很好玩的事，你到谷歌的图片搜索里边去搜索一个非常简单的词叫 Grandmother 或 Grandma，你会发现搜索结果的第一页全是"白人老奶奶"。那么，如果是外星人到我们地球，想向我们地球上的人学习，他问，什么是 Grandma？结果一搜，看到的就是西方的老奶奶，可是"奶奶"绝非只有西方人。所以，科技会不小心就只代表一部分人的价值观，只代表一部分人关注的事情。所以我一直强调，不管是女性还是来自不同背景的人，我们一定要参与，参与人工智能、参与科技。如果你在乎，如果你相信科技能改变人类的话，那你就一定要参与进来。

——李飞飞

人工智能真的来了

机器认出了猫

2010年，斯坦福大学计算机系一位年轻教授，在研究过程中发现，如果构建的神经网络越大，表现就会越好。他把这个发现告诉了好朋友，并拉上好朋友，和一位年轻的CEO在一家日本餐馆里，边吃边聊这件事。教授雄心满满地说："我们应该把这件事做起来！"三个小伙子一拍即合，多年以后，这顿饭吃了什么，他们忘记了，但因为这顿饭，他们开创了一个伟大的局面。

这位年轻的教授叫吴恩达（Andrew Ng），他是一位天才的华裔科学家；那位好朋友叫塞巴斯蒂安·特隆（Sebastian Thrun），他是Google X的领导者；CEO则是大名鼎鼎的谷歌掌门人拉里·佩奇（Larry Page）。他们在佩奇最喜欢的一家日本餐馆，头脑风暴出了后来赫赫有名的"谷歌大脑"。吴恩达向佩奇展示了PPT，图上是他们可能在斯坦福大学建立的神经网络的大小，图还很小，需要不断扩充。吴恩达觉得如果能借力于谷歌，就可以让这幅图扩充得更快。于是，吴恩达加盟谷歌，立志建立全球最大的神经网络，这个神经网络能以与人类大脑学习新事物相同的方式来学习现实生活。为了实现这一宏伟蓝图，他们用了一万台计算机搭建一个具有10亿个连接的神经网络，神经元之间的突触连接多达10亿个。在当时，这个数字着实惊人，但吴恩达说，后来百度的神经网络是这个的100倍，科技总是不断地往前发展。在这个前无古人的庞大网络上，吴恩达准备做

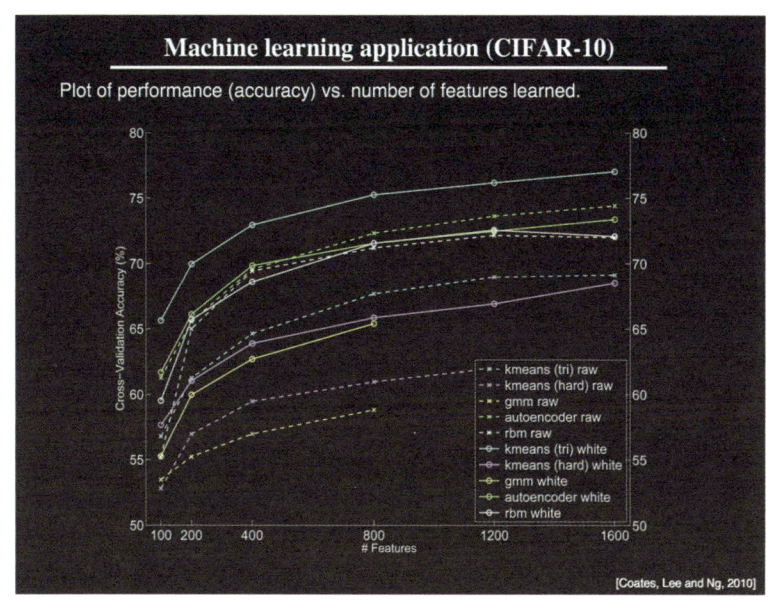

吴恩达教授当年向拉里·佩奇展示的 PPT 图片之一，他希望借力于谷歌，建立全球最大的神经网络。

一些新的尝试。

　　他把这个庞大的网络想象成一个婴儿的大脑，现在要让这个"大脑"被唤醒，但它不知道任何事。他们让"大脑"看一些在线视频，比如 YouTube 的视频，让它看一个星期，看看它能学到什么。他们猜测"大脑"可能会辨别出人脸，因为 YouTube 上人脸出现的次数非常多。

　　突然有一天，在谷歌实习的一个博士生朝正在办公室办公的吴恩达奔过来："安德鲁，看这个！"吴恩达跟着博士生走到电脑前，只见屏幕上显示一个很活跃的神经，当他们在电脑前展示猫的图片时，它就非常兴奋，当没有猫的图片时，这个神经就安静得多。因为这一点，在场的所有人发现，机器可能学会识别出"猫"了。最令人惊讶的是，在此之前，没有人告诉过机器"猫是什么",它不知道 Cat 是猫,它是通过看视频自己认识了猫。

机器看了超过 16000 幅猫的图片,也看了很多个小时的视频,尽管过程如此不易,这一次,机器自己认识了猫。

谷歌的猫脸识别引起了学界轰动。不同于大部分深度学习采用的"有监督"的学习方式,这一次却是"无监督学习",即不进行人为的图片标注,让机器自己从大量原始数据中磨砺出算法,进行区分和识别。

今天,几乎所有有价值的机器学习都是有监督学习驱动的,这不同于大多数人类的学习方式。大多数人类的学习是基于小样本的,他们通过观察世界,以及生活在其中,以此进行学习。人类学习识别的方式,并不是父母上万次甚至十万次地给你指出这个是什么。相反,当你还是个孩子的时候,你观察周围的世界,接收图像和声音的信息,然后自己就能识别出这些东西。尽管对于机器的无监督学习,我们还存在很多未知,但我们看到了这种方式的突破——机器第一次不再依赖人类的训练,可以自主学习了。不过吴恩达还是表示:"无监督学习虽然有很多让人兴奋的地方,但是现在大部分无监督学习仍然处在边缘地带,我们还不清楚它实际的算法。"

无论如何,我们一点一点地教会了机器"看"。从"看"到"看见",机器笨拙地学习、理解以及表达。我们经过了一段漫长的旅程,在探索的道路上,我们才刚刚起步。

学霸是怎样炼成的

与很多孩子一样，童年时代的吴恩达也被父母要求着学习钢琴、小提琴，他说对此不喜欢也不讨厌，他觉得作为孩子，这样也是应该的。多乖的男孩子，我不禁问他："你有没有过一点叛逆？"（吴恩达的回答……呃，如果你碰巧是"学渣"，请自行绕道至下一段落。）

"我觉得在学钢琴方面，我并不叛逆。我童年不一样的是，当我在学校考了高分，父母总是会大惊小怪。我每次考到A，他们总会说：'安德鲁，你好棒！'久而久之，每次考试我要是考了高分，我就瞒着他们，因为我不想让他们大惊小怪，我不想让他们知道我考得好。我觉得这有点怪。"

"无敌是多么多么寂寞，无敌是多么多么空虚……"不知道为什么我的脑海里瞬间飘过这句歌词。玩笑归玩笑，我想吴恩达的父母一定为儿子骄傲。再往后，吴恩达就开启了学霸的彪悍人生——在美国，计算机科学方面最好的大学——斯坦福大学、麻省理工学院、卡内基·梅隆大学、加州大学伯克利分校，都被吴恩达读了一遍。

能在这四所大学度过求学时光，并且从那些优秀的计算机科学家那里学习，吴恩达觉得非常幸运。创新未必只是你成为某个专业领域的专家，它需要你有渊博的知识、宽广的眼界，这样才会引发改变世界的新观点。

在AT&T贝尔实验室的时候，吴恩达遇到迈克尔·卡恩斯（Michael Kearns）；在卡内基·梅隆读本科时，吴恩达遇到安德鲁·摩尔（Andrew Moore）、汤姆·米切尔（Tom Mitchell），这些导师都对他产生巨大影响。"我想当你年轻时，能遇到长辈级、前辈级的导师，那将改变你的人生。所以我

吴恩达教授向我演示人工智能技术。

希望像我这样年长一点的人可以花一些时间去帮助年轻人，我也希望年轻人能找到他们的导师。"

接下来，我分享一下与这位学霸科学家的"一问一答"，希望可以给正在看这本书的年轻朋友一些启发。

Q：你现在的阅读日程是什么，一个月读多少本书？

A：我想我平均每周可能不只读一本书。我有一个亚马逊 Kindle，大约有 1200 本书。我没有都读，可能至少读了 1/2 吧。我读的书几乎比我所有的朋友都多。

Q：你说创新不是幸运的、随机的、不可预知的礼物，而是一个非常系统的自我教育的过程。你能详细说明一下吗？是什么让你意识到这一点的？

A：我发现，在研究领域，如果你读了足够多的研究论文，不只是 10 篇论文，可能是 50 篇，甚至更多篇，当你学得足够多时，你的大脑就会开始产生新的想法。你可以在家玩电脑玩得很优秀，你也可以阅读、学习、参加在线课程，学习一些知识。如果你每个周末都在打电脑游戏，年复一年，你的职业只会朝一个方向走去。但是如果你每个周末都在学习，也许不用很多年，只需要一年，你的职业生涯就会好得多，虽然短期没什么回报，这是个挑战。如果你一整个周末都在阅读和学习，接下来的那个周一，你的工作可能不会变得更好，你的老板不会知道你学习了，没人去表扬你。因为你才努力了两天，这不够。但是秘密就是，你坚持一年，每个周末都这么做，你就会变得很棒！（学霸就是学霸！）

Q：现在有些大学生辍学去创业，你会鼓励这些有伟大想法的年轻人吗？

A：我认为，如果你正在上大学，你可以从伟大的教授那里学到很多东西。年轻人不擅长的一件事是长期规划，这不只是说你未来两年能做什么，这是关于你可以为你未来四年的生活做什么。

Q：你说追随自己的激情不是一个伟大的职业建议。对于那些对自己真正想做什么，或有能力做什么却有点不知所措的年轻人，你有什么建议？

A：我认为追随自己的激情是我们给年轻人最坏的建议之一。我认为你首先擅长某事物，然后你变得对它充满热情。今天，我倾向于根据两个标准选择工作，我建议年轻人也这样。第一，我选择我最了解的方向，因为对自己未来的投资将在很长一段时间内得到回报。第二，尝试选择可能会对世界产生有意义的内容。即使是今天，我也是这样选择工作的。我试图找到我不断学习的东西，并尝试寻找一些真正能帮助到人们的事情。

Q：除此之外，你还有什么只是因为乐趣而做的事情吗？

A：我想说，我真的很喜欢读书。我想我在学很多东西，有些会变得没什么用，但是也有一些会变得有用。但比这些更重要的是，我觉得这么做也很有趣。

年轻的读者朋友们，读了上面这段文字，你Get到学霸是怎样炼成的吗？

快问快答——Hold住你八卦的小心脏

Q：周末和太太在家做什么？

A：周末我们都在家的时候，我们会安静地看书，我们都在学习。

Q：在家谈工作吗？

A：太太和我都被硅谷和创新震惊，所以我们经常谈论其他公司并进行比较。比如："为什么这个公司做到了这点？""你觉得这个战略怎么样？"我们会谈很多，既和我太太谈，也和我很多朋友谈。（我能想到最浪漫的事，就是和你一起谈科技。）

Q：怎么追求上"美女+学霸"太太？

A：Carol和我是在日本神户的一个机器人会议上认识的。认识四年以后，我发现我们还完全没说过话。然后直到2011年还是2012年，我们重新在脸书上联系了，然后我说："一起去喝杯咖啡吧。"事实上，我第一次见她的时候，我是想把

在吴恩达教授与太太卡萝尔·莱利的浪漫姻缘中，机器人一定起到重要作用。

她招进 Coursera，结果没成功，所以我们就开始约会了，然后很快就结婚了。

Q：订婚照两人中间有个机器人？在这场浪漫姻缘中，机器人有起到作用吗？

A：有个周末，我说："我们来拍个订婚照吧。"然后我们去了斯坦福大学，靠着一堆斯坦福机器人拍了照，然后我们把订婚消息发在一个技术博客 IEEE 上。

Q：想象一下你家里有各种不同的机器人，你会雇佣哪种？

A：我可能会想要一个机器人厨师，不只是为了节省时间，主要是改善饮食，增强体质。我想这会很有趣。

语音识别：生不逢时与生逢其时

约七万年前，人类就开始以前所未有的方式进行思考和表达，发展出人类特有的并且完备的语音系统。借助语言群居生活的人们得以更准确地描绘环境、交流复杂信息和情感，甚至产生抽象概念。这是一场认知的革命，语言成为最重要的生存工具和智能表现，让人类在物种间的生存竞争中脱颖而出。

在万物互联、万物智能的时代，人机交互变得越来越频繁，使用语音，显然是人类最自然、最便捷的方式。语音交互，首先要教会机器听懂人类的语言。为机器打造听觉系统，这项技术就是"语音识别"。让机器通过计算，识别和理解自然语言信号，并转化为文本或者命令。可是，语音识别不等于录音，从"听"到"听见"，对人类而言是一种本能，对机器却并非易事。人脑里有一些经验知识，听到一个字差不多可以猜想到下一个字是什么，计算机却没有这个知识。电脑它并不是"脑"，它只是按照一套固定的规律执行一系列程序。

创新工场的掌门人李开复在美国哥伦比亚大学读政治科学专业（与奥巴马上过同样的选修课）后转向计算机专业，他希望未来有一天计算机可以做一些人类可以做的事情。1983 年，李开复进入卡内基·梅隆大学，开始了人工智能领域语音识别的研究。如果不是弃文从理，没准李开复会和奥巴马做同僚。玩笑归玩笑，现实生活中的李开复，成了人工智能尤其是语音识别潮起潮落的见证者和重要参与者，这也是一种很好的归宿吧。

1952年，美国贝尔实验室的科学家发明了一种数字自动识别器，叫"奥黛丽"（Audrey），这个系统可以听懂十个英文数字。20世纪60年代，超音速飞机登上了美苏争霸战的舞台。飞行中，飞行员的身体被几倍于体重的强大力量制约，几乎无法使用肢体操作。能不能用语音来操纵飞机？于是，在美国国防部高级研究计划局（DARPA）的全力资助下，语音识别研究蓬勃展开。

在卡内基·梅隆大学读书的李开复，开始了人工智能领域语音识别的研究。

当时DARPA的一个负责人，拨了大笔经费支持语音识别，可没多久，这位负责人发现当时研发出来的语音识别系统都非常脆弱，你对着机器说："今天天气很好。"机器屏幕上会出来相关文字，可你若问机器："明天天气好不好？"机器就听不懂了。懊恼的负责人自己写了一篇文章，叫《语音识别的凋零》（Wither Speech Recognition）。这篇文章着实让当时语音识别研究者的心情跌落谷底，负责人都觉得"凋零"，语音识别这事儿可能真的没戏了。后来，经费不到位，语音识别从"小火了一把"一下子进入到寒冬。

李开复的导师拉吉·雷迪教授（Raj Reddy）是一个不服输的研究者，他认为"专家系统"的时代来临了，这可以解决之前脆弱的语音识别的问题，并且说服政府可以拨些经费继续支持语音识别研究。最终政府拨了300万美金给雷迪，这在当时是一个巨大的数字。

"专家系统"是20世纪80年代兴起的一项人工智能技术，它的逻辑是把人类的专业知识通过规则的方式教给机器，让机器成为学识渊博的专家。李开复做了一年后发现专家系统还是很脆弱，走不下去，因为每个人的语音都会有一定的差异，把千差万别的语音知识由人类逐一编写规则，再教给机器，这并没有发挥机器的优势。

初生牛犊不怕虎的李开复，鼓足勇气找了导师，跟他说："您的方向很好，可是您目前采用的方法，我觉得走不通，我觉得需要靠机器学习和统计的方法，才有可能做出成果来。"雷迪想了很久以后，说："开复，虽然我不同意你的看法，但是我可以支持你。"导师的态度出乎李开复的意料，他的包容和开明深深打动了李开复。

三年之后，雷迪根据李开复的方法特地安排了一场大型演示。雷迪说："今天，我们要做一个有史以来没有人做过的尝试，我们要把话筒一个一个传下去，然后你就可以在这个领域里面畅所欲言。"在场的人一个接着一个地传递着话筒，虽然在演示中犯了一些小错误，最终大概有90%～95%的识别率（因为是在一个特定领域），在场的所有人还是被震撼了。

在这个全新的系统中，机器可以听懂不同人说出连续的句子，这开始有点像真正的人际交流了。这项开创性工作，在1988年被美国《商业周刊》评为"年度重要科学创新奖"，美国媒体称"现实朝科幻小说又迈近了一步"。

年轻的李开复成为当时媒体报道的创新尖兵，通过电视荧屏，他向更多的人展示了他的语音系统。"……了解了今天语音识别可以做到的事，让我们来看看它未来的潜力何在，它不光是一个能对电脑发号施令的玩具，它还可以改进我们交流的方式，不仅是和机器交流，还可以和汽车、家用电器、电脑交流，并帮助促进人与人之间更好的交流。"电视上的李开复有点婴儿肥，鼻梁上架着大镜框的眼镜，略有几分青涩，飞快的语速像是急于要把自己的新发现告诉全世界。的确，他的这项技术，让语音识别又上了一个很大的台阶。

统计的方法给语音识别的研究带来了极大的改观，随即在20世纪90年代迎来了研发的高潮。带着对未来人机交互的美好憧憬，另一位华人科学家邓力先生，也开始了语音识别研究。

邓力本科就读于中国科技大学，学的是生物与神经科学。大学时期，听老师说人工智能可以模仿人脑，他顿时对人工智能尤其是语音识别和机器翻译产生浓厚的兴趣。之后他到美国读书，当时在美国第一个礼拜听神经生理课，听到医学上的名词、神经解剖学的术语，一脸茫然，后来经过艰苦学习，才渐渐适应异国他乡的学习生活。远赴重洋、初出国门后克服语言难关的经历，也被邓力运用到日后研究中。

起先，邓力采用了与李开复一样的统计方法。在近20年的时间里，这种方法一直都是研究的主流，但在进入实际应用时却逐渐显示出了局限。千差万别的口音、方言，现实环境中的噪声，还有来自不同领域的专有名词、日常俗语、成语及句式的转换等，都给语音识别带来了挑战。

2006年，加拿大多伦多大学的杰弗里·辛顿教授（Geoffrey Hinton）发表了关于"深度学习"的论文《一种深度置信网络的快速学习算

邓力公开发表的一篇论文，成了第一篇正式把深度学习应用到语音识别上的研究论文。

法》(A Fast Learning Algorithm For Deep Belief Nets)，震惊学界，也让一筹莫展的邓力眼前一亮。2009年，邓力邀请辛顿来到自己当时工作的微软雷蒙德研究院，经过两周深入探讨，他理清了很多困惑，决定大胆尝试辛顿的新方法。邓力发现，按照辛顿的深度学习理论，再加上大数据，之前遇到的瓶颈问题突然消失了，他们的第一个实验错误率就降低了20%之多。

2012年，邓力公开发表了一篇名字很长的论文，Context Dependent Pretrained Deep Natural Network for Large Vocabulary Speech Recognition，这篇论文成了第一篇正式把深度学习应用到语音识别上的研究论文。有了深度学习这个工具，语音识别终于实现了突破，到了2016年，各大公司纷纷宣布——机器在语音识别上的表现已经超过了人类的平均水平。

回首自20世纪80年代至今的语音识别发展之路，李开复半开玩笑半感慨地说："这是当年我做研究的时候不可想象的成就，我其实是有点'生不逢时'。我做人工智能是太早了，做不出巨大的成果，只能写点论文。今天，数据量够大，机器够快，理论够扎实够清晰，你们（指当今的研究者）应该把握机会。"

李开复还在有些演讲的PPT上用"宝宝很苦"形容自己。著名科学家汉斯·莫拉韦克（Hans Moravec）曾总结过，如果你是一个人工智能设计师，感觉自己陷入困境，那么只需要等上10年时间，你的问题就定然能够通过计算性能的提升而得到解决。时势造英雄，英雄也推动了时势的发展，没有此前几代研究者的推翻重来、再推翻再重来，也不会有今天语音识别技术的蓬勃发展。

一次不可忽视的人机小战

提起人机大战，人们已经对"深蓝"战胜国际象棋冠军加里·卡斯帕罗夫、AlphaGo 战胜李世石九段，还有 IBM Watson 在《危险边缘》中战胜人类智力竞答冠军都不陌生。我这里要说的是另一场人机大战，虽然它只是一个学生对于自己研究领域的一次论证（或许应该是"人机小战"），但是在人工智能的发展史上仍然不可忽视。这就是李开复就读于卡内基·梅隆大学时期，开发的"奥赛罗人机对弈"。

"有没有一种棋可以打败世界冠军？"早在 20 世纪 80 年代，当时"深蓝"还没有出道、Watson 还没有出生、AlphaGo 更不知道在哪里，但是脑洞常开的李开复却决定要试上一试。他向老师请了一个长假，和他的同学开始开发这个系统。

"奥赛罗"，它的初级大概跟跳棋难度相当，并且拥有一定的粉丝，也产生了世界冠军。李开复通过机器学习让系统自我对弈，在输与赢中一步步往前推进。

李开复联系上黑白棋世界冠军布莱恩·罗斯（Brian Rose），问对方有没有兴趣跟机器下棋，没想到对方很爽快地答应了。因为这位冠军觉得，反正也就是两个学生来找你，就陪他们玩玩吧。这一对弈的结果是：第一盘，冠军以 56 : 8 输了，第二盘他就决定放弃了。

这位冠军倒没有不高兴，但很惊讶，还没习惯与机器对弈的他，就这么输了。他还没明白是怎么回事，李开复就已经兴高采烈地根据这次的"人机小战"写了一篇论文。

那个时候无论是神经网络还是机器学习的算法，都非常简单。让机器学习自我对弈，也是学习网上能搜到的各种棋谱。在李开复看来，某种程度上，这次实验跟 AlphaGo 有一定的相似度。

有过这次经历的李开复，多年后看到人机大战的几个里程碑时，都会予以高度的关注：IBM 开发"深蓝"，参与其中的许峰雄是李开复的同学；AlphaGo 对战李世石时，李开复担任评论员。无论是 AlphaGo 赢了 4 盘或是输了 1 盘，李开复表示，他都很吃惊。AlphaGo 不断带来惊喜，在比赛之前，专家还觉得从 AlphaGo 过去的打法来看，不一定能超过李世石，但第一盘，AlphaGo 竟然就赢了，并且连赢 4 盘。但它还是输了 1 盘，这戏剧性的反转说明了深度学习依然还有一定的提升空间。

不过，人工智能迅速成长。到了 2017 年 5 月，AlphaGo 与柯洁大战时，柯洁已经没有哪怕赢一局的可能。据说今天的 AlphaGo 已经达到 20 段的水平。赛后柯洁一度激动落泪，懊悔自己在比赛过程中过于心浮气躁。其实，他大可不必过于苛求自己，即使人类能够更好地控制自己的情绪，在 AlphaGo 那里恐怕也讨不到什么便宜。倒是聂卫平先生说的一句话很有启发："让人工智能和人类一起去探索围棋的奥秘吧。"

机器翻译：重建人类"巴别塔"

《圣经》说，人类的祖先最初讲的是同一种语言，但是他们希望修建一座通天的巴别塔，被触怒的上帝于是让人类说起了不同的语言，让他们无法沟通。结果人类计划失败，各散东西。在全球化的今天，出国留学、越洋旅行、跨国合作越来越频繁，国际家庭也随处可见。打破不同国度、不同地区之间的语言障碍，是人与人沟通的最好状态。

"翻译"是语音识别领域最重要的一个运用。现实生活中，牢记语法规则的学霸，却可能说不出一句地道的外语。教会机器理解人类语言，把复杂的语言现象编码，再转化为可计算的公式、模型和数字，再解码成另一种语言，这会是机器实现翻译的原理吗？把语言规则教给机器，机器就能变成语言专家了吗？

答案是：被规则驱动的机器，也跟那些遭遇语言难关的人类学霸一样，遇到了学外语的瓶颈。所谓规则，优点是不依赖于数据，使系统的开发容易进行；缺点是有些细微的语言现象难以描述。人在翻译句子的时候很少想到主语是什么、谓语是什么，一般是找脑海里的一些句子，然后去照猫画虎得到一个新的译文。比如说，如果你会翻译"我想吃土豆"，你应该也会翻译"我想吃西红柿"，把"土豆"换成"西红柿"就可以了。但机器可不是这样，事实上，从一种语言翻译成一种新的语言时要重新开始编写很多的规则。

机器开启学霸模式之前，还是需要先让我们回到大自然，看看孩子们是如何学习的。倾听、模仿、比较、尝试、纠错，孩子的大脑像一台超强运算的机器，不断训练，形成了语言的能力。受此启发，"深度学习"（Deep Learning）这个神助攻驱动了"机器翻译"。

"机器翻译"需要两种数据，一种是双语对照的数据，它告诉机器什么样的句子翻译成什么样的句子；第二种就是要准备大规模的单语的句子，这实际上告诉机器什么样的句子是合理的句子，或者是自然的句子。

2012年10月，微软研究院理查德·拉希德博士（Richard Rashid）在天津举行的"21世纪计算大会"上演示了即时语音翻译系统，首次把语音识别、合成和机器翻译这三项人工智能技术融合在一起。拉希德在现场俏皮地说："我正在说英文，希望你们能听到我的话被译成中文，而且是用我自己的声音。"机器很配合地用拉希德的声音给现场的观众做起了翻译，现任微软研究院院长埃里克·霍维茨先生（Eric Horvitz）当时就坐在观众席，他告诉我，他看到一个女孩摘掉了同声传译设备，激动地擦拭着眼泪。霍维茨很是感慨地说："这个学生看到了未来！"

我有些遗憾，没能亲临这场大会的现场，感受机器即时翻译的成功，不过在西雅图微软雷蒙德研究院采访邓力与霍维茨之余，我体验了一次微软今天的机器翻译所能达到的高水平。

我在微软研究院体验机器即时翻译。

我与一位西班牙小伙子威尔展开了一段视频聊天，聊天内容是如果我要去西班牙游玩，小伙子有什么可以给我推荐的。说中文、英语，我完全没问题，说法语嘛，我有过速成的训练经历，不过西班牙语，我真心不懂不会。我在计算机这头说中文，机器将我的语言转换成西班牙语；计算机那头的小伙子说西班牙语，机器再帮我翻译成中文，说给我听。

虽然还达不到正常口语交流般流畅，对于语境、省略、修辞等的准确理解也常常让机器一筹莫展，但机器的表现还是让我很惊喜。

人类的语言千差万别，但反映在计算机的语言里，却都是0、1、0、1，一旦找到了打开语言之门的钥匙，科学家们将在机器的世界里消除语言隔阂，实现人类重建"巴别塔"的雄心。我们用语言描绘概念、表达思想、传递情感，在这个星球上，唯有人类具有这种神奇的智慧。当机器能够理解我们的语言，当它能够开口说话，当它可以和我们自如交流，我们的未来该会是什么样子？

> 我曾经去佛光山采访星云大师，他邀请我参加当晚举行的全球佛光山弟子的代表大会。我稍微晚到了会儿，蹑手蹑脚地想找一个后排的位子坐下来，就听到星云大师对着麦克风说："杨澜小姐，我给你在主席台上留了个座位。"我只好红着脸，在众目睽睽之下上了主席台。到我发言时，我问星云大师："都说您视力不好（他患眼疾，只有蒙眬光感），怎么还是发现我进来了？"星云大师爽朗地说："视力不好，耳朵好啊！你看我的弟子中哪有穿皮鞋的？"机器学会了"听"，但要想具有在环境中综合判断的能力，还得向星云大师请教一番吧。

"中国声谷"：让世界聆听我们的声音

李飞飞、吴恩达（Andrew Ng）、李开复、邓力……无论是深度学习、视觉识别，还是语音识别，我们看到华人及华裔科学家在人工智能研究领域，占据了相当的分量。

在我的采访中，很多科学家都觉得中国在人工智能领域有很大的优势。首先，中国的理工科教育非常先进，中国有很多聪明的人会主动选择学理工科，中国人数学一般也比外国人学得好，这些对机器学习的基础有很大的帮助。其次，人工智能需要大量数据，才能做出很棒的成果，中国人口基数大，能够提供更多的数据，在很多领域可以达到更高的识别率或提出更好的解决方案。加上中国人理工科方面有很大优势，所以中国的很多高等科研机构都已经在人工智能领域做出卓越的成果。

近年来，在各大重要的学术期刊上，中国人在人工智能领域发表的文章数量应该是除美国之外最多的。据说奥巴马曾经问乔布斯能不能把智能手机的制造全都搬到美国，乔布斯说："可以啊，如果你有像中国那么多的工程师就行。"虽然不知道这个段子是否属实，但不可否认的是，中国已经是世界科技发展中举足轻重、不可或缺的力量。

上述四位大名鼎鼎的科学家，他们或不是中国国籍，或长期旅居海外。在中国本土，有一家从几个小青年在门面房创业的小公司，如今已经成长为市值超过五百多亿元的上市公司，被称为"中国声谷"，它就是坐落于中国

In Search of Artificial Intelligence

中国声谷：让世界聆听我们的声音。

合肥的科大讯飞。

"让世界聆听我们的声音"，是在科大讯飞大楼里随处可见的标语，科大讯飞执行总裁、消费者事业群总裁胡郁先生如数家珍般列举了他们所取得的成就：2008年至今，科大讯飞连续在国际说话人、语种识别评测大赛中名列前茅；自90年代中期以来，科大讯飞在历次的国内外语音合成评测中，各项关键指标均名列第一；2014年，科大讯飞首次参加国际口语机器翻译评测比赛（International Workshop on Spoken Language Translation），即在中英和英中互译方向中以显著优势勇获第一；2016年，国际语音识别大赛（CHiME）上，科大讯飞取得全部指标第一；在认知智能领域，2016年相继获得国际认知智能测试（Winograd Schema Challenge）全球第一、国际知识图谱构建大赛（NIST TAC Knowledge Base Population Entity Discovery and Linking Track）核心任务全球第一；2017年3月，MIT发布 2017 十大突破性技术进展，科大讯飞入选强化学习、刷脸支付两大突破性技术研究者名单，在中国人工智能企业中排名第一；2017 年 6 月，MIT 科技评论发布 2017 全球 50 大最聪明公司榜单，科大讯飞首次入榜，并名列全球第六、中国第一；口语评测（根据你英语的发音来评价你的发音准确程度、词汇量和语法句法）技术在世界上独一无二。

提起今天的累累硕果，胡郁神采飞扬，却也没有忘记曾经的"黑历史"。2007 年，他们策划利用互联网的方法来改进语音识别，当时想的是有人把他的录音传到网上，然后通过机器转化成文字传给他。在 2009 年、2010 年的两次国际会议上，胡郁等人发现同行们对智能手机端的语音识别和交互技术已经做了很多有价值的尝试，他们回国后就马上掉转方向，从 PC 端转向移动互联网端。当时的一个难点就在于，网络传输的速度很慢，怎样既能够保证语音的带宽压缩以后，带宽足够小，同时又能够保证后面的音质可以被使用，团队为此用尽了各种方法。即使这样，在 2010 年中国第二次云计算大会上，科大讯飞通过语音文本，率先推出了手机语音识别系统，第一次

在科大讯飞执行总裁、消费者事业群总裁胡郁的陪同下，我体验了科大讯飞的语音识别技术。

2001年科大讯飞年度计划总结会。　　　　当年的创业小青年成长为公司核心骨干。

展示了在智能语音手机里面通过语音输入文本，现场的识别正确率只有50%左右。多年后，再说起这段往事，胡郁不禁莞尔，面对当时尴尬的洋相，在现场演示的他们"紧张是肯定的"，但他们也知道这是个客观规律，因为你不迈出这一步，永远都不会知道自己的潜能在哪里。回去后，这帮"创业汪"铆足了劲儿，快马加鞭地进行改进。一年以后，识别率超过80%，现在已经达到98%。

在胡郁的引领下，我参观了科大讯飞的演示厅，无论是将语音转化成文字，还是将方言翻译成普通话、将英文翻译成中文，或者通过遥控器语音遥控电视，速度都非常快。虽然机器没有翻译出我说的上海话，不过我想这帮极客们一定会很快解决。

讯飞"小途"　　　　讯飞"晓曼"

胡郁的白发

中国科技大学有一个很好的传统,学生在本科阶段就可以进实验室。在实验室做实验不仅是为了写论文,更多的是要将实验转换成产品。这让胡郁还在读大学时就耳濡目染了来自实验室里的创业氛围。一毕业,胡郁便追随师兄们做起了科大讯飞。在胡郁看来,创业的初期,精神压力倒不是很大,最大的压力在于做出来的产品到底能不能卖得出去,有没有人愿意接受他们的产品。胡郁提起让他至今难忘的一件往事:他们的第一代产品是让机器开口说话,可以运用到很多呼叫台,但稳定性的问题一直没有解决,合作方华为给他们下了最后通牒,如果系统仍然不稳定,他们就不会购买了。一群创业的青年(今天都成长为科大讯飞的核心骨干)三天三夜没睡觉,调整系统,最后将产品交给华为,终于过关了。就是靠着这样近乎玩命的拼劲,科大讯飞一步一步成长为如今市值超过五百多亿元的上市公司。

胡郁前额明显的一撮白发引起我的好奇,看上去像是挑染的一片,背后却是一段与科学死磕到底的经历。2005~2007年,因为要攻克语音识别的难关,他被派到香港大学去深造。胡郁意识到,研究工作不能重复别人已有的东西,你必须做全新的东西,于是他看了几乎所有能看到的论文,绞尽脑汁地去想创新的Idea,并把它实现出来。在这个过程中,胡郁想了几十个不成功的,但最后还是找到了四五个算是原创的成果出来,最后,成果有了,他的头发不知不觉地也白了。胡郁自嘲地说,白头发充分说明自己所处的行业是一个用脑过度的行业。我想正是因为胡郁这样的执着与专注,才有了科大讯飞今天在智能语音技术的突飞猛进吧。《哈佛商业评论》称,21世纪,数据科学家是最性感的职业之一。在这个性感的世界里,我们看到了越来越多的中国面孔。

Chapter 03

In Search of
Artificial Intelligence

我歌唱"带电"
的身体

MIT：机器人寒武纪物种大爆发

坐落在美国东部马萨诸塞州剑桥市的麻省理工学院，有着"世界理工大学之最"的美名，它是世界理工科精英心向往之的知识殿堂和研发基地，也是一个充满神奇与幻想的地方。

麻省理工学院的文化地标，是校园东北角的斯塔塔中心，由著名建筑设计师弗兰克·盖里（Frank Gehry）设计。这组建筑造型前卫怪异，色彩鲜艳，建筑物包含了大大小小的桶形、方形、圆锥形，像是积木玩具堆积在一起，高高低低，不是错落有致，而是有些歪七扭八。据说盖里设计这座建筑

麻省理工学院是一个充满神奇与幻想的地方。

是想表达"使发明成为一种快乐"的理念，但也有很多人觉得这组建筑看上去"像一群喝醉酒的机器人在寻欢作乐"。无论是"发明"还是"机器人"，都是麻省理工学院的关键词。

说到机器人，当我走进麻省理工学院最大的跨学科实验室计算机与人工智能实验室时，必须要用"机器人的寒武纪物种大爆发"来形容我所见到的情景。

它不是古希腊神话里的大力神，而是高大威猛的双足机器人阿特拉斯。

无人机、无人车这些热门机器人自不用说，这里还有阿特拉斯（Atlas），它不是古希腊神话里的大力神，而是高大威猛的双足机器人，像是从科幻电影中走出来的变形金刚。机器蟑螂、机器蜘蛛张牙舞爪地在地上爬行，机器鱼在水中自由自在地游泳。

机器鱼是受到生物鱼的启发设计出来的。鱼的尾巴通过建模技术利用3D打印机打印出来，它可以在水中优雅地游泳，鱼尾巴比较柔软，但是

设计机器人的灵感可以来自于自然界里的动物。

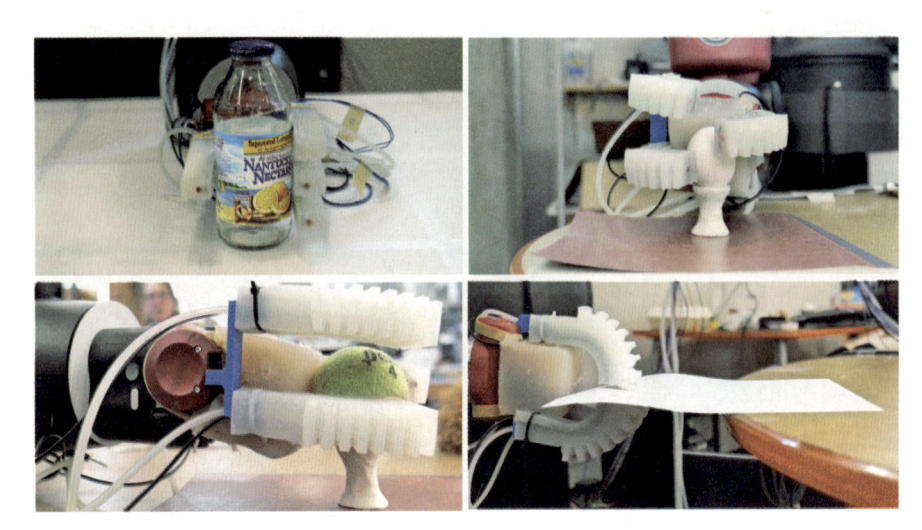

你能看出它是一只"手"吗?

可以看到鱼尾部持续地游动。这条鱼可以快速地转弯,甚至能够逃跑,100毫秒内转90度,这已经达到了一条真正的鱼在转身时候所需要的时间——转身非常重要,因为这可以帮助鱼类防止被其他动物攻击或者吃掉。

再看这只机械手(上图),是不是怎么看都想象不到它是一只"手"?虽然它没有人类一样灵活的五指,但是硅胶制作的手指,足以让它完成鸡蛋、高尔夫球、玻璃瓶这样滑溜或者一些非常精细的物品的取拿,你不得不感慨"手"不可貌相。

一张纸,你能对它产生怎样的想象?在这里,我见识了一张很小很小的像纸一样的薄片,当它受热后,立即从二维结构自动折叠变成3D机器人。变形成功的一瞬间,这个小小的机器人立刻就移动起来,像只小爬虫。实验室主任丹妮拉·鲁斯(Daniela Rus)说,这小家伙可以跑得很快,还可以推东西。关于它的用途,有何设想呢?因为它是多层结构的,可以再加一层药用层,折成能塞入胶囊或药片的形状,它可以被吞服,待胶囊进入人身体

一张纸，你能对它产生怎样的想象？

后，由于身体的热度慢慢融化，它就可以在身体里面跑来跑去，通过核磁共振成像技术（MRI）控制它所在的位置，机器人可以由体外的系统精确引导，将药物送到创伤处。

它还可以用来找到小孩误吞的电池等异物，从食道里进去，然后把电池给拽出来。现在小孩如果误吞电池等异物，只能通过手术取出，如果借助这个小小的机器人，以后类似的情况就不需要动手术了，而且速度极快。这真是我见过的最小的机器人，但是它却像可以进入铁扇公主体内的孙悟空一样神通广大。

我从未一下子见识到这么多机器人，如果机器人算是一个物种的话，我恍如来到了一个机器人的世界。英文"Robot"一词最早出现于捷克戏剧家卡雷尔·恰佩克（Karel Čapek）1920年的科幻剧本《罗素姆的万能机器人》（*Rossum's Universal Robots*），捷克语中，"Robota"的意思是苦力。有趣的是，"Robot"这个词，中文翻译是"机器人"，"机器"+"人"。相信许多人都认为"机器人"应该看上去像人（我也曾有这样的想法），但实际上，它们可以大若巨人，小若米粒，它们可以像鱼、像昆虫，也可以不像任何生物。丹妮拉向我解释她对于"机器人"的理解：机器人是具有身体和大脑的机器，"身体"就是可以完成任务的外形，须能执行你希望它完成的任务；"大脑"就是机器的智能以及控制能力。如今麻省理工学院计算机与人工智能实验室还通过组装模块、3D 打印等技术,力求简化和加速机器人的制作,他们要打造一个机器人无处不在的未来。

丹妮拉跟我饶有兴趣地说起一段往事。20 年前,当她还是一名大学生的时候,一位教授的演说给了她启发——计算机的时代已经过去了,真正的未来是机器人的未来。她跟自己的导师说:"您让我做机器人吧。"导师说:"你去做一个机器人,能够给我端一杯咖啡来。"这个要求可把丹妮拉给难住了,她想象不出机器人究竟如何才能端起一杯咖啡,在那个时代,这是不可能的事情。

如今,所有的技术都在快速地进步,或许你听说过"摩尔定律",微处理器的计算能力在每 18 个月翻一倍,意味着芯片里面的运算能力、处理能力每 18 个月翻一倍。互联网技术是一个指数级的增长,执行器与传感器快速地发展,工厂中机器人数量每五年也会翻一番,科学家在不断改善机器的算法以及推动 3D 打印技术的发展。

麻省理工学院计算机与人工智能实验室主任丹妮拉·鲁斯的梦想是"打造一个机器人无处不在的未来"。

丹妮拉·鲁斯说："没有比机器人端给你的咖啡更好喝的了。"

20年过去了，丹妮拉问了自己的学生同样的问题，学生无一例外地回答："当然可以！"事实上，现在的机器人不仅可以端咖啡，还能做很多事。这些年轻的科研工作者，不仅得益于身处的这个大时代，也很好地秉承了麻省理工学院"使发明成为一种快乐"的文化传统。

我不由得想到这间实验室的创始人马文·明斯基（Marvin Minsky），他被人们亲切地称为"明斯基老人"。自1959年与约翰·麦卡锡（John McCarthy）创造了"人工智能"（Artificial Intelligence）一词，又共同创立麻省理工学院人工智能计划，随后成立人工智能实验室以来（麦卡锡1962年离开麻省理工学院，进入斯坦福大学担任人工智能实验室主任），明斯基老人一直都将制造会思考的机器人作为奋斗目标。他始终认为人类实际上就是某种机器，人类和机器之间没有真正的区别。我们且不论明斯基老人的这个观点是否正确，但是他身体力行地钻研制造机器人（他曾设计出世界

人工智能真的来了

在这个一眼看过去都是机器人的地方，我遇到了"第一个有五官"的机器人 Kismet。

上第一个机械臂，尽管这只机械臂只能停留在实验室里），某种程度上，也激励了麻省理工学院计算机与人工智能实验室的学生不断提高动手能力，保持永无止境的好奇心及探索精神。你会发现，实验室的走廊、墙上随处可见各种白板，让你随时有灵感，随时都能把它写下来，并且可以跟同伴们分享，若是你正与同伴们边走边讨论问题，一时兴起，还有随处可见的座椅，让你们立马可以坐下来展开一场尽兴的讨论。这个地方，好像随时随地都有灵感爆发的感觉，这个地方的科研工作者们，好像总是在制造着他们希望看到的下一个机器人。你必须承认，在一个一抬眼看过去都是机器人的地方，你的灵感会噌噌噌地往外冒，无法遏制想象力的野蛮生长。

麦肯锡咨询公司曾做过一项调研，列举了多项颠覆性技术未来发展的潜力，其中物联网、高级机器人、自动驾驶、3D打印与机器人学紧密相关。在2025年，这些产业都会成为上万亿美元级的产业，丹妮拉说："这就是我所处的行业，我看到了这么多可能性，我非常激动，我也相信，这样的可能性会带领我们走向一个机器人无处不在的未来。"丹妮拉正激动地说着这番话，一个靠着轮子行动，只是一个机械臂的机器人，递给她一杯咖啡。丹妮拉笑着说："没有比机器人端给你的咖啡更好喝的了。"

In Search of Artificial Intelligence

奇怪酒店：新来的服务生

小时候，我和小伙伴们沉迷于动画片《铁臂阿童木》，渴望有这样勇敢智慧的朋友去扶危济困，拯救世界。有了孩子以后，我陪他们看《哆啦A梦》，畅想那只神奇的口袋里会掏出什么新玩意儿。而我最中意的，就是时光穿梭机了！

大家仔细看下面这张图，图里有 19 个机器人，你们找出来了吗？造型简洁的机械臂在超市的货物架前整理着商品，有了它们，自然就看不到依靠梯子爬高上低的人类员工了。一个蓝色机器人正帮助白发苍苍的老人搬着他买的物品，这是要抬进路旁停靠着的无人驾驶汽车吗？橙黄色机器人互相搭

图中有 19 个机器人，你能找出来吗？

101

档，一边抬着箱子一边过马路，它们该是多么眼明手快的机器人啊！机器人导购员正在给顾客做向导，看它热情的样子，应该能增加不少客流量。清扫路面，这是一项枯燥乏味又孤独的活，扫地机器人任劳任怨，真是机器人界的劳模。注意到没，就连过马路的小猫咪都有一个机器人小伙伴陪着它。还有一位戴着盲人眼镜的男士，操作着购物推车上的平板电脑，他是在提前浏览超市有什么促销打折，或者研究想要购买的食品的原产地，还有它们的卡路里含量吗？推车里蹲坐着的那只小狗，会不会有些羡慕有机器人陪伴的小猫？

这是一个机器人无处不在的世界，它会出现在我们的生活中吗？答案是肯定的。我和摄制组对日本长崎豪斯登堡的奇怪酒店（Henn-na Hotel）的探访，绝对算是在现实生活中经历了一次"满城尽是机器人"的奇妙又真实的旅行。

豪斯登堡，浓烈的阳光，茂盛的绿树、向日葵、郁金香，随处可见的小河流，充满童话般梦幻的欧式建筑，复古的大巴车，硕大无比的大风车。一切看上去色彩艳丽，又安静神秘。奇怪酒店的外观却稀松平常，墙面一半白

豪斯登堡，充满童话般的梦幻。

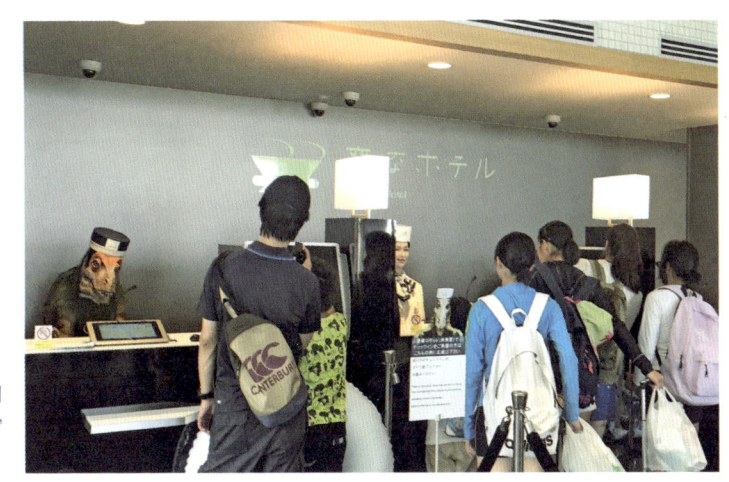

In Search of Artificial Intelligence

"美女"面前门庭若市,"恐龙"面前门可罗雀。

色、一半砖色,瓷砖整整齐齐,没任何修饰。门口站立一尊高大威猛、身披白色铠甲的机器人,仿佛预示着:别看咱这地方貌不惊人,里面可就是——别有洞天咯!我倒是从未见过如此巨大如擎天柱般的"门童"。它仿佛是在颇有气势地告诉进店的人类旅客:"欢迎光临下榻我们机器人主宰的酒店!"幸亏它不能动,不然它会不会一手把我拎起,丢进门里面去,然后砰的关上大门?我的身高才到它的腰部,跟它比起来,我真是渺小的存在。

推着行李箱,走进大堂,总服务台负责登记入住的是一个美女机器人,还有两只霸王龙。美女机器人长着一张标准的亚洲面孔,面带甜美微笑,跟前挤着不少顾客。看来在机器人的地盘,依然是一个看脸的世界,"美女"与"恐龙"并存,顾客还是天然地选择了美女。美女跟前门庭若市,恐龙虽然相貌并不那么丑陋,还很有小心机地戴了一顶礼帽、系了小领结,可是它们的跟前有点门可罗雀哦。

我选择了霸王龙为我服务,开玩笑地夸起它的帽子,不过它的表达有限,并没有回应我的夸奖。无论美女还是霸王龙,虽然只能用一些简单的对

103

行李机器人 & 智能小助手 Chuli。

话，但是日语、中文、英语都可以说一些，解决顾客的入住完全没有问题。

办理完入住手续，行李机器人来到我身边，我把行李放到它身上，只见它自动沿着斜坡（这家酒店只有两层，大概是为了照顾机器人行动，特地设置了从一层到二层的斜坡）把我带到了房间门口。它虽然累并快乐着，一路上哼哼唧唧地唱着歌，不过速度还真有些让我着急。

终于来到房间门口，刷一下房卡，站在脸部识别机器人面前进行脸部扫描，门自动打开。当关上门后再次开门，就不用带房卡了，脸部识别技术会帮我直接开门，这才是真正的"刷脸"呀。

走进房间，等待我的是可爱的智能小助手、交互式机器人 Chuli，它小小的身躯顶着粉红色的、萌萌的大脑袋，端坐在床头柜上。

"嘿，你就是 Chuli 吧，Hello Chuli！"

"我能帮你什么呢？"

"这个房间的温度多少？"

"这个房间的温度是 26 摄氏度，非常舒适。"

"是的，请唱首歌来听听。"

"好的……噜啦噜啦噜啦噜……"

小 Chuli 跟我的对话还十分有限，不过在这个可爱的小家伙甜甜的歌声中进入梦乡也是不错的体验。

在这座人类是顾客，机器人都是员工的酒店里，服务很是周到。酒店里还有到处游走的机器人导游，它们通过胸前的平板电脑和语音技术，用自己有限的对话能力向顾客介绍日本的风土人情和旅游指南。机械臂服务员发挥它一如既往的大力士优势，挥舞着手臂，帮助顾客存放箱包，虽然没头没脑，但动作算得上灵活快速。当然还有机器人客房服务员，据说它们的目标是不仅可以扫地，还可以从客房的桌子上将顾客需要的毛巾或是食物递到顾客手中，不过这项技能还在训练当中。我不禁幻想了一下，机器人可以铺床单、换洗床单被套吗？

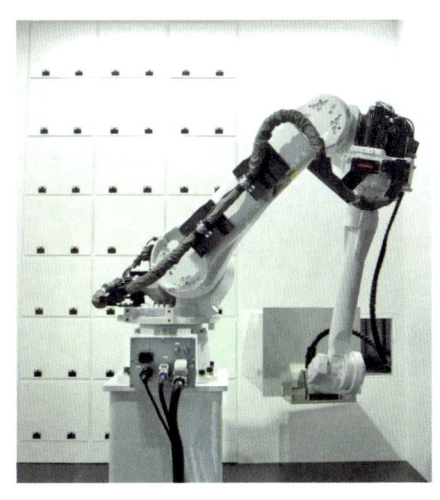

机械臂服务员任劳任怨。

收拾妥当，要去餐厅吃饭了。据说厨师也是机器人，那就让我品尝一下机器人大厨的厨艺吧。走进餐厅，温柔的灯光，随处可见机器人身上散发的金属色，糅合成充满科技感的梦幻浪漫。服务员自不用说，调制鸡尾酒的、制作冰激凌的，还有做煎饼的"煎饼侠"，都是机器人。我请主厨安德鲁为我做一份煎饼。搅拌面粉、鸡蛋，舀一勺，搁到煎锅上，它的手自带锅铲功能，按照设置好的程序进行煎、翻转的动作，再刷一些酱，最后将新鲜出炉的煎饼盛到盘子里。虽然口味的选择有限，不过味道还不错。机器人还不擅长这一系列并不简单的动作，不过安德鲁不愧是主厨，动作算是麻利，给它点个赞。

酒店总经理大江岳世志告诉我，这家酒店有 144 间客房，机器人员工有

人工智能真的来了

机器人餐厅，充满科技感的梦幻浪漫。

二百多名，人类员工只有 10 名，主要是对机器人做些监管工作，以及酒店的安保。他们希望机器人可以执行酒店中 90% 的任务，成为世界上最有效的酒店。

仔细想来，奇怪酒店虽然是以"主题公园"的形式刻意营造出"满城尽是机器人"的情景，虽然这里的机器人动作还比较笨拙、交流有些磕磕绊绊，但是你会发现，机器人真的可以做很多事，我们可以在很多岗位上让机器人发挥作用。

今天的机器人也许只会做着简单口味的煎饼，没准不久的将来，它就会看懂世界各地的菜谱、做出各种菜肴，如果你想足不出户享受地球村的各种美食，一个超级大厨机器人就可以帮上你的忙。再或者，今天运输货物的机器人，也许不会整理物品，它们还只是专才，不能一专多能，但没准未来，我们的生活中真的可以出现能够彼此交互、进行复杂操作的机器人，我们可以让一些不同的机器人组成一个团队，让它们完成复杂的工作。

著名的计算机科学家马克·韦泽（Mark Weiser）提出过"普适计算"理论，他认为最深刻的科技最终都是融入生活当中的无形的存在。当他说这番话的时候，很多人都觉得这怎么可能。但是，如今当我们每个人都拿着智

机器人做的煎饼，味道不错！

能手机，每个人都在自觉或不自觉地运用着智能技术的时候，当我们看着一桩桩曾经觉得"这怎么可能"的技术从科幻变成现实，如果让我们去展望一个机器人无处不在的未来，并非一件不可思议的事情。

当然，今天的机器人还有很多需要解决的问题，还需要进一步加强它们的智能性，它们相互沟通的能力也有待提高，我们需要更多的人机互动方式、人机合作方式，让人和机器人合作完成不同的任务。

麻省理工学院计算机与人工智能实验室主任丹妮拉·鲁斯（Daniela Rus）做过一个设想。她说，今天制造机器人是很难的，只有机器人专家才知道如何制造一个机器人，但是我们不妨想象这样一个场景：主人翁叫爱丽丝，假设爱丽丝想给自己的小猫造一个玩伴，在她不在家的时候陪伴着猫。于是，她来到一家24小时制造机器人的商店，通过互动性的页面进入一个设计空间，给自己的猫设计了一个机器人玩伴。她设计完毕之后，这家商店直接制造出这样的机器人送达给爱丽丝。丹妮拉相信这是未来机器人定制化的方向，能设计和制造出机器人不再是机器人专家的专利的时候，一个人机

107

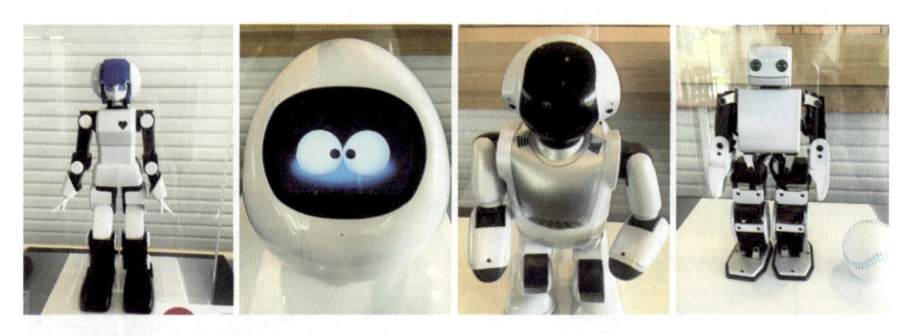

嗨，小家伙们，你们好！

共生的世界才能真正来临。为了这一天的到来，我们需要加强教育和培训，尤其需要加强对孩子的教育和培训，让他们去适应和积极参与到一个机器人无处不在的未来。

丹妮拉给出了一些教育方案，或许可以成为参考。比如说，从幼儿园开始，把计算思维作为所有成绩中的一个强制性主题，需要给孩子们提供动手的项目，给孩子们灌输"计算思维是可以让你以全新的方式去探索世界并与之互动"的观念。由于越来越多的工作需要以一个更复杂的方式来使用计算机，对孩子加强编程方面的教学刻不容缓，要利用编程学习令孩子们以不同的方式去看待这个世界。

麻省理工学院一年一度的"代码时刻"（Hour of Code）活动，向大约200名当地公立学校的学生开放，向这些学生展示编程过程。丹妮拉说，这是多么使人兴奋且有趣的事情。

让我们再让视线回到奇怪酒店，在这里，你会有趣地发现：孩子们比大人们淡定，很多成年人各种拍照、录像，孩子们却神情自若，他们似乎觉得，世界本该如此。是啊，世界本该如此，我们有理由相信今天的"奇怪酒店"就是未来的"当然酒店"。

摔跤吧，机器人

从"人工昆虫"到走入寻常百姓家

1968 年，斯坦利·库布里克（Stanley Kubrick）的科幻电影《2001：太空漫游》(*2001: A Space Odyssey*)诞生。这部电影被认为是"现代科幻电影技术的里程碑"，它影响了之后几乎所有的科幻电影。对于这点，或许创作者会有所预料，但它也影响了很多科学家的青少年时期。因为这部电影，让很多年轻人对人工智能产生了浓厚的兴趣，这点或许是当初电影创作者们始料未及的。库布里克用天外飞仙般的电影画面，探讨宇宙的真理之谜，由此引发出来的哲学问题，似乎远没有影片中的一台超级人工智能计算机 HAL9000 更能吸引观众的眼球。

HAL9000 是一台没有身体，说话声音像一位温文尔雅的绅士的人工智能计算机，虽然它号称从不出错，但还是发生了致命的错误，当人类宇航员决定关掉它时，HAL9000 用自己的智能对宇航员发起反击。"HAL9000 是个杀人狂，杀死了所有人，除此之外，它真的很智能，很有趣。"出身于澳大利亚一个中产阶级家庭的罗德尼·布鲁克斯（Rodney Brooks）成了 HAL9000 的死忠粉，也正是因为这个来自科幻电影中的人工智能，布鲁克斯走上了对科学的探索之路。

在澳大利亚布鲁克斯就读的大学里，使用计算机是需要打卡才可以的。

当时的一位教授看出了这个学生对于计算机的痴迷,特批布鲁克斯每个周日可以独自使用计算机12个小时。就这样,布鲁克斯开始用机器语言编程。布鲁克斯感谢教授对自己的帮助,却还是因为这所大学里面没有计算机系,选择填报了美国一些著名的有人工智能实验室的高等学府,并幸运地收到其中几所大学的录取通知书。从地图上,他看到斯坦福大学离澳大利亚最近,于是这个对机器人情有独钟的年轻人踏上了美国寻梦的征程。

在斯坦福大学人工智能实验室,布鲁克斯加入到机器人专家汉斯·莫拉韦克(Hans Moravec)的"斯坦福车"项目。当时,他们研发能自己观察和自己行动的小车,这也是今天自动驾驶汽车的鼻祖。这辆小车行动异常缓慢,每移动一步,都要进行大量的推理论证,在房间里移动20米竟需要6个小时,这是何等缓慢的速度!

人类能在短时间内感知周围环境,处理大量信息,并做出反应。但在机器眼里,同一件物体在不同角度、不同光线的条件下,变得完全不同。用逻辑的方法教会机器应付这个千变万化的世界,比人工智能先驱们预想的要困难得多。布鲁克斯决定要换一种思维来解决机器的行动问题。

1984年,布鲁克斯加入了麻省理工学院计算机与人工智能实验室。小小的昆虫吸引了他的注意力,他观察到昆虫的脑袋虽然很小,但是可以自由自在地飞来飞去,彼此追逐,还可以逃生保护自己。昆虫的这些能力,比当时的机器人要能干好多倍。何不从昆虫身上做文章呢?

布鲁克斯和他的团队,开始以昆虫为模板,造出了他们的第一个机器人。它不构建这个世界的复杂表征,只是根据来自感应器的输入,来迅速决定做什么,并保持每时每刻都能做出快速决策。它可以和人类行走的速度差不多,还可以在拥挤的房间里行动。iRobot公司联合创始人、布鲁克斯的合作伙伴科林·安格尔（Colin Angle）开玩笑地跟我们说："我们做的AI，不是指人工智能，而是指'人工昆虫'。"这个总结诙谐又到位，他们放弃之前从研究人类复杂行动入手的方法，转向研究某些简单行为的组合。小到足够让人忽视的昆虫对布鲁克斯和他的小伙伴来说，着实功不可没。

有一种AI叫"人工昆虫"。

"人工昆虫"技术并没有仅仅停留在实验室，布鲁克斯带领他创立的iRobot公司，开发出一款扫地机器人。2003年，这位才华横溢的科学家登上TED的舞台，他在现场向观众展示了他的杰作。

"这是一个你能外出买到的机器，它能够清洁你家的地板，它就像不断来回绕圈子似的出发，前进。如果它撞到什么东西的话……你们看到了吗？现在它开始沿着墙角走；它在绕着我的脚前行并在我周围做清洁。别担心，放轻松，这是个机器人，它很聪明！"布鲁克斯风趣幽默的展示，引来阵阵笑声，也赢得阵阵掌声。虽然这款扫地机器人只是一个"没头脑"的小家伙，但它不再是在实验室中挪一步能把人急死的小车，也不再是隐藏在计算机里只有声音没有形体的神秘分子，这个可爱的行动派虽然只能完成有限的任务，但已经开始走进人们的日常生活中了。

iRobot公司在扫地机器人的外观设计上，费了一番心思。他们很小心地试图将其设计为一台正儿八经的机器，不走可爱路线，试图让人们严肃对待。他们想避免人们认为这个扫地机器人是个玩具。不过，这个没头脑的小

扫地机器人飞入寻常百姓家。

家伙不仅没有被当作是玩具，用户与机器人的互动还产生了意想不到的效果。安格尔告诉我们，在买扫地机器人之前，要是问，你会给这台机器起名字吗？人们一定会摆摆手说："不会不会，这只是一台吸尘器。"然而一旦它成为了家里的一部分，人们在看电视或者做别的事情时，你看到这个小家伙帮你忙前忙后，几乎每一个人都会为它起名字，它成了家庭中最勤劳的一分子了。

iRobot 公司还有一种军事侦察机器人，PackBot，它同样没有脑袋，但可以在军队前面开路，观察洞穴。这款机器人做得相当坚固，可以随环境而调节自己的行动：可以翻转，可以自己进入通信范围，还可以自己爬楼梯。在福岛核灾后，PackBot 首先冲进高辐射的核电厂废墟侦察，是当之无愧的"冲锋陷阵"。

还有个战地机器人，士兵们给它起了个名字叫"史酷比"。每次史酷比拆了一颗炸弹，士兵会在它的身上做个记号。有一天，史酷比被炸坏了，受了严重的伤，当史酷比的操作员将它抱回补给站时，这个士兵眼中含泪，以几乎乞求的口吻问道："能修好它吗？"此情此景，史酷比就像这个士兵倒下的一个战友，他们并肩作战，不可分离。

安格尔拿起一个"受了重伤退休"的机器人，一边指着机器人的"伤口"，一边说："从伊拉克回来的机器人，也许不完整了……你们看，这个控制台上还有弹孔。机器人有时候不太走运，被炸坏了，但好在遇难的不是人，这就是我们设计这些机器人的目的。"如果不是他介绍，乍看上去，他手中的这个废弃的机器人就像一块废铁，只是我们并不知道，在战场上，不知道哪一天会突然成为废铁的战地机器人可以冲到人类士兵不能进入的地方，可以被重重地扔进一间破房子里，可以蹚过淤泥沼泽，浑身都是泥巴面目全非。iRobot 公司设计的战地机器人更像一辆小坦克车，同样没有脑袋，有的只是冲锋陷阵的勇气。难怪士兵们会对它们产生情感，这些战地机器人可以牺牲自己，保护人类。

萨瓦雷斯教授的小跟屁虫

美丽的斯坦福大学校园里，我和斯坦福大学计算机系的瑟威欧·萨瓦雷斯教授（Silvio Savarese）一路走，一路聊着人工智能的话题。在我们身后，有个胖乎乎的腆着肚子的"小家伙"一路跟着我们，就像个小跟屁虫。这个机器人叫 Jackrabbot，别真当它是小跟屁虫，它在斯坦福校园还小有知名度呢，我们这一路走着，时不时会有学生停下来跟它合影，还有行人友好地跟它招手。Jackrabbot 没有胳膊，有一个圆圆的身体，它的脚是两个相当于它身体 1/3 高度的轮子，它的主人萨瓦雷斯将一顶草帽扣在它的脑袋上，还给它戴了一条黑底红色斜纹的领带，领带沿着它的大肚腩挂下来，既可爱又绅士，一阵风吹过，它的领带被风给吹歪了，我忍不住帮这个没有手的小绅士整了整。

萨瓦雷斯告诉我，Jackrabbot 是一个很有教养的机器人。它喜欢跟着人，

瑟威欧·萨瓦雷斯教授的小跟屁虫 Jackrabbot 是一个懂事的机器人。

也喜欢去尝试理解人们在做什么。难怪这个小绅士，我们一直走着，它就一路跟着，但是它不会主动超到我们前面去。当我们停下来说话，它也停了下来，用它的摄像头眼睛看看我们，好像听懂了我们在说什么，很自觉地走到一边去。让我惊叹的是，Jackrabbot 竟然没有从我们中间穿过，萨瓦雷斯说，因为 Jackrabbot 知道这是不礼貌的。我看着 Jackrabbot 晃晃悠悠地走到一旁去的背影，觉得它是一个懂事的机器人。

　　萨瓦雷斯是斯坦福人工智能实验室主任李飞飞的先生，也是人工智能领域杰出的科学家。他和团队花了很长时间将人类的社交礼仪教给 Jackrabbot。这位教授一直对能理解人类行为的算法很感兴趣，所以目标是让机器人真正理解人类的行为、活动和意图。理解人类的意图，这听上去有些不可思议，我问他这个设计最困难的部分是什么。萨瓦雷斯说，最困难的部分是机器人需要了解这里是一个人，还是一棵树，或者要能了解那里是人行道还是马路。他对 Jackrabbot 抱有更大的期望，他希望 Jackrabbot 能够解决"最后一英里"[1]的问题："当运输车到达送货站，你还是需要将货物从那里递到客户手中，那就是这个机器人的用武之地了。"也许有一天，当你打开家门，就是这个小家伙给你送上快递呢，你一定会由衷地夸赞一句："嗨，Jackrabbot，你真棒！"

双足机器人勇敢地站起来

DARPA 机器人挑战赛被称为机器人界的"铁人三项"，举办比赛的宗旨是制造出能在对人类而言危险的地方工作的机器人。双足机器人有其实际意义，尤其是救援机器人，它需要在人类的环境下独立行动，它们也成了 DARPA 机器人挑战赛的主角。

我们在麻省理工学院计算机与人工智能实验室见到了高大威猛的双足机器人，就像是一个个变形金刚，其中最引人关注的就是阿特拉斯——大力士了。

来自中国的博士生戴泓楷对做机器人有着很大的热情，DARPA 机器人挑战赛就是他的试金场。虽然 DARPA 挑战赛并没有一定要求使用人形机器人参赛，但小戴觉得，如果我们希望机器人可以具备完全和人类一样的能力的话，那么很有可能我们就需要一个长得像人，智能方面也像人的机器人。

为了适应人类环境的不确定性，组委会故意捉弄参赛的机器人，修改各

---

[1] 原意指完成长途跋涉的最后一段里程，被引申为完成一件事情最后的且关键性的步骤（通常还说明此步骤充满困难）。通信行业经常使用"最后一公（英）里"来指代从通信服务提供商的机房交换机到用户计算机等终端设备之间的连接。

人工智能真的来了

勇敢站起来！

种参数。决赛中，甚至要求去掉机器人身上的保护绳索。机器人需要完成开车、开门、钻墙、上楼梯等一系列动作，其中最难的一项就是下车。为此，戴泓楷所在的麻省理工学院参赛队进行了反复的测试。

小戴跟我回忆说，当时他们对于"下车"这个动作非常有信心，有两个同学当时就在实验室的车上跳上跳下的，他们觉得"下车"这事完全没有问题。结果在他们比赛的第一天，机器人在下车的时候，后背碰到了车座椅的后背，车座椅相当于反推了一把机器人，可怜的机器人直接就从车上摔了下去。看到机器人摔到地上的时候，小戴捶胸顿足，他说："我觉得以后要是有了孩子，看见自己孩子摔地上的时候，可能就是这种反应吧。"听着眼前这个率真学生的描述，我能想见那种情景，能体会那种心情。

好在机器人哪里跌倒又能在哪里爬起来，它用顽强的意志站了起来，它拖着沉重的步伐，一步一步地走上楼梯……小戴说，他们给这个机器人赋予了规划的能力。右手摔折了，左手还可以用，于是所有的动作就被这个顽强的机器人换到左手上面去了。

壮士折臂，坚持到比赛最后一刻，完成了大部分任务，最终赢得了观众的喝彩。不以成败论英雄。机器人所具有的可以调整自己左右手的能力，又

让它们的行动力往前进了一步。

　　人工智能先驱阿兰·图灵（Alan Turing）曾设想过一个"思想的机器"，这种机器可以拥有电子大脑，以摄像头为眼，以轮为脚，可以在乡间漫步。但他又承认，现在这样的技术条件还不具备，所以还是先专注于无形体的人工智能比较好。的确，走路，对人类来说是本能的一件事，但对机器来说却是很大的挑战。

　　图灵一定没有想到，一代代人工智能专家和研究人员，甚至年轻的大学生，从未因此放弃过制造机器人的梦想。《2001：太空漫游》中那个神通广大的偏执杀人狂HAL9000终究还是隐藏在计算机里的无形体的系统，HAL9000也一定没有想到，它虽然影响了很多科技控，他们惊叹HAL9000的超能力，却并没有将无形体的智能视为终极目标。尽管现在的机器人迈开双腿还有些艰难，在飞滚的轮子之上还有些迷茫；尽管行动力超强的机器人可能没头脑、没胳膊，甚至看上去像玩具、像一块钢铁，但是这些形态各异的机器人，还是在无数次跌倒之后，坚强地爬了起来。在跌跌撞撞、横冲直撞后，一点点熟悉和适应着人类的规则。它们逐渐走进人类的生活，虽然还处于蹒跚学步的阶段，但可以肯定的是，人机共生的时代已经来临，充满期待和想象。

机器人的第一支舞

科学史上的每次突破，它最初的样子，都充满着残缺和不完美。我想起李开复跟我讲的一段关于 Boston Dynamics 的创始人和 CEO 马克·莱伯特（Mark Raibert）当年的小故事。今天的 Boston Dynamics 无论是四只脚、两只脚，像人或者像狗，已经可以行动，不过在当时，莱伯特做的机器人 Pougo 只有一只脚，并且不会行动。终于有一天晚上，莱伯特激动地向大家宣布："现在可以看 Pougo 跳舞了！"只见 Pougo 像一根棍子似的杵在地上，被一大圈线拉着连接到一台电脑上。表演没开始的时候，Pougo 需要人扶着上场，手一松开，Pougo 就"咚咚咚"地跳几下，跳个五六下就倒下来了。大伙儿（李开复也是观众之一）还是鼓掌喝彩，因为机器人可以跳起来了——这就是最开始的研究。

任何一位成功的科学家，都一定充满着丰富的想象力和对科学百折不挠的执念。即使僵硬如棍子一般的机器人，也见证了它的发明者的欢乐或是悲伤，今天看起来粗糙或简陋，在当初却也是一次又一次单纯而美好的小确幸吧。

摔跤吧，机器人！（我可能看到的是一场"假的机器人足球赛"）

摊开你的掌心

斯坦福实验室的暖男

《纽约时报》资深科技记者、普利策奖得主约翰·马尔科夫（John Markoff）在他的《与机器人共舞》一书中记录了这样一则科学往事：约翰·麦卡锡（John McCarthy）要求学生把手伸进口袋抚摸里面的硬币，识别出哪一枚是五分的硬币。这对学生来说不是难事，但是麦卡锡真正的任务是，做一个能够完成这项任务的机器人！

在采访中，马尔科夫还告诉我，DARPA 机器人挑战赛主管的儿子看过

马文·明斯基打造的机械手，仅仅停留在实验室里。

比赛之后，发现开门对机器人来说，是一件非常困难的事情，于是他说："如果你担心终结者，把门关上就行了。"

iRobot 公司联合创始人罗德尼·布鲁克斯（Rodney Brooks）则认为，对机器人来说，很大的一个挑战就是灵巧性，人类的双手是令人惊异的装置，还没有哪一个机器人具备人类这么优秀的双手。

麻省理工学院计算机与人工智能实验室的创始人马文·明斯基（Marvin Minsky）曾致力于打造一个能同人类匹敌的机械手，但这项研究始终停留在实验室里。自如地使用双手，对人类来说不需要思考就能完成，却困扰了机器人专家们很久。

斯坦福大学人工智能实验室的肯尼斯·萨里斯伯里教授（Kenneth Salisbury），多年来一直致力于对机器人"手"的研究。1982 年，萨里斯伯里在斯坦福大学获得博士学位，后来到麻省理工学院，成为一名年轻的教授。在麻省理工学院，萨里斯伯里开始了对于"手"的深度探索。明斯基对于打造手的方法是布满传感器，从而实现手"触摸"的感觉，萨里斯伯里则觉得手上有少量的感应器可以用来完成人类给机器的指定工作就好了，机器人的手关键在于非常强健，即使被卡车轧过也不会坏。两位科学家关于手上要加多少传感器的问题，发生了多次友好的争执。经过反反复复的实验，萨里斯伯里非常郑重地对明斯基说："好吧，马文，我觉得我应该加上你认为需要放到'手'上的所有传感器！"这位执着的教授不是放弃了自己之前的观点，而是在手的感知能力和耐用性上寻找到一定的平衡，这两者"两手抓，两手都要硬"。而打造一种既可以与你握手，又不会把你的手给捏碎的机器人就成了萨里斯伯里对机器人手的全新认识。经过不懈努力，一款叫 PR1（Personal Robot One）的机器人于 2007 年诞生。这个机器人可以出门给萨

PR2 很有礼貌，主动与我握手。

里斯伯里买咖啡。马尔科夫在《与机器人共舞》一书中这样形容 PR1："PR1 看起来活脱脱就是一个巨大的长了胳膊的咖啡罐，它有用于行动的电动轮子，还有用于视觉感知的立体摄像机。它的建造成本高达 30 万美元，整个制作期达 18 个月之久。"

后来经过升级换代，PR1 的弟弟 PR2 诞生，相较 PR1，PR2 还可以自己找插座充电，就像人类饿的时候找饭吃一样。

在斯坦福大学人工智能实验室（萨里斯伯里从麻省理工学院毕业后，进过创业公司，后又再次回到斯坦福大学），我见到了 PR2。"你好，欢迎来到萨里斯伯里教授的实验室。"PR2 很有礼貌，它主动与我握手，非常绅士。"很高兴见到你。"我也友好地握住了它的手——一只钳子般的手。PR2 似人非人，个头跟我差不多高，不过比我宽了好几圈，身体由几何体金属拼接而成，白白壮壮，让我想起了憨态可掬的大白。它的脑袋是一块扁扁的长方体，眼睛是两个摄像头，可以 360 度旋转。它有时会卖萌，有时会收缩起它那长长的手臂，放到胸前，好一副傲娇的样子！

早就听说 PR2 是萨里斯伯里的便利贴"小暖男"，经常帮他买上一杯咖啡。作为萨里斯伯里的客人，我也享受了一次 PR2 对我的服务。它从萨里斯伯里手中接过零钱，移动着电动轮子，穿过教学楼的走廊，找到电梯，按下按钮，踱进电梯。出电梯的小家伙不忘确认下楼层，待走到教学楼门口，它拉动门把手，用身体顶着把门给推开，虽然出门的时候还有些笨拙，能感觉它很用力地顶开门，不过速度还是可以的。然后，它一路踱步来到便利店。

"请按照纸上的说明买一杯咖啡！"营业员微笑着接过 PR2 的钱，显然已经很熟悉这个经常来买咖啡的机器人了。PR2 接过咖啡，小心翼翼地把咖啡放到自己上身的杯槽里，又小心翼翼地返回实验室，一路上确保咖啡尽量不洒出来。

我开心地接过这位"小暖男"递过来的咖啡，向它竖起大拇指。在萨里斯伯里眼中，小家伙是一台具有一些有趣特征的机器，虽然 PR2 的个头跟成人差不多高，甚至比有些人还要高，教授并不想让它是一个特别像人形的机器人。PR2 只是一台机器，能环顾四周，能抓取东西，能自由移动身体，

小暖男 PR2 一路踱步买咖啡。

还可以控制自己的力量，最后一点很重要。教授特别向我介绍了 PR2 的手，大多数机器人的手都很僵硬、强壮，PR2 的手却很温顺，你撞到它不会被伤到。早期的机器人周围会有栅栏以及闪烁的红灯，提醒人们此处危险，不过你根本不用担心 PR2 会伤到你，你可以靠着它、倚着它，它很安全。还真是这样，我握起 PR2 的手时，它钳子一般的手指是张开的，我丝毫不担心它会一下子夹住我。

萨里斯伯里一头花白头发扎成一根小辫子垂在脑后，花白络腮胡子，身材瘦削，看上去很像科幻电影中的魔法师。还真被我猜中了，一心要在"手"上有所造诣的萨里斯伯里，将观察大千世界中形形色色的人们如何使用他们的手，变成生活中的一种自然习惯。他尤其喜欢研究魔术师的手法，在这位教授眼中，魔术的不可思议正是因为魔术师手法的千变万化，看得多了，教授竟然自己也成了半个魔术师，也会变上几出戏法。他拍拍 PR2 的肩膀，开玩笑地说："它还不会这个（指魔术）。"教授，要求不要那么高嘛，PR2 的手已经可以帮我们做不少事情了。大概是听到主人在议论自己，PR2 转动了下长方体的脑袋，看着这个憨态可掬的大块头，我情不自禁地跟它击掌，它把手指并拢，伸出手掌心。"加油，PR2，你很棒！"

会说话的大眼睛

从昆虫身上得到启发，让机器成为有形体的行动派之后，布鲁克斯继续打造着人与机器人之间的合作关系。把机器人放到以人类为中心的工作生产环境里，怎样让机器人理解人类说什么，怎么去进行能够被解析成可行指令

人工智能真的来了

"会说话的大眼睛"巴克斯特。

的对话,同时,怎样让人不用害怕在机器人身边会被打伤。基于这些思考,拥有一双"会说话的大眼睛"的机器人巴克斯特(Baxter)诞生了。

巴克斯特是一个只有上半身的机器人,西瓜红的机械臂,烟灰色的固定支架是它的"胸膛"。虽然不能移动,但它是一个大块头的家伙。它的"脑袋"是一块平板,屏幕上有两只闪烁着卡通风格的大眼睛。工程师向我们做起演示,他握住巴克斯特的手臂,把它移动到有零件的位置,又把巴克斯特的手臂移动到零件需要放下的位置,然后按下手臂上的按键,巴克斯特就开始按照刚才工程师引导的路径开始工作了。只见巴克斯特动作娴熟,左右两只手臂同时开工。看着工程师教巴克斯特的情景,用"手把手"来形容绝不为过,轮到巴克斯特独自工作的时候,你会情不自禁地感慨:巴克斯特真是个一点就通、"悟性超高"的好徒弟呀,工程师只需要引导一遍,它就可以如此迅速地操作起来。工程师特别提醒我们看巴克斯特的"脑袋",你会发现屏幕上的大眼睛会跟随手臂的方向移动着视线,这就很自然地告诉周围的人它下一步会做什么。当出现故障的时候,这双大眼睛还会垂下眉毛,做出困惑的表情。虽然不会说话,但是这个"会说话的大眼睛"巴克斯特一下拉近了它与人之间的距离,一个眼神,一个手势,胜过千言万语。

善解人意的机械臂

坐落在日本富士山脚下的发那科公司(FANUC),是世界顶尖的智能机械研发机构,对于人工智能在工业中的应用,发那科有着自己独特的解决方案。进入这家公司,首先映入眼帘的是成片成片的明黄色,这是发那科的主题色,厂房是明黄色,机器是明黄色,员工的工作服是明黄色。明黄色是最

一排排机械臂,整齐划一,好不壮观。

人工智能真的来了

容易引起人们警觉的颜色之一，在过去人机共存的机械化车间里，一排排重型机器，不仅给人压迫感，也经常会发生事故和危险，明黄色的标志其实也是提醒人们远离重型机器，注意安全。在发那科车间里，我们看到了一排排机器，整齐划一，好不壮观，有能把一辆汽车托举起来的大块头，也有一些纤细精巧的机械手，就像是机器人世界的巨人和小兄弟。

我们见到一组小型的、胳膊很纤细的机械臂手，它们有的在抓取眼药水瓶大小的塑料装置，还有的在抓取小药丸。发那科公司专务董事、机器人事

绿色机械臂其实是一个安全又温柔的家伙。

"大力士"机械臂举起一辆汽车。

126

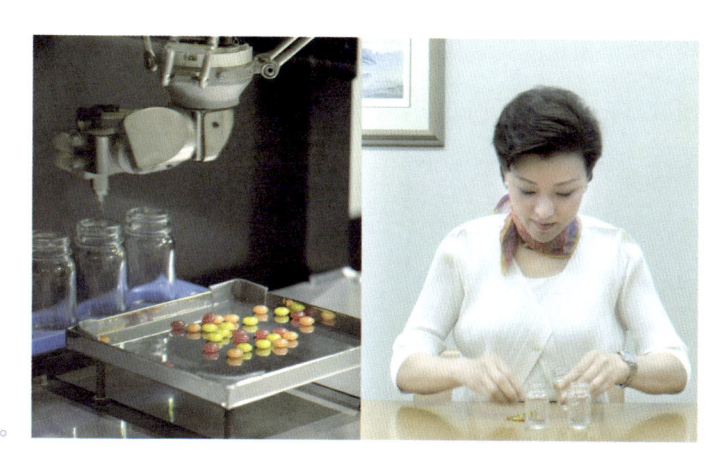

In Search of Artificial Intelligence

药丸分色，我输了。

业部部长稻叶清典先生特别向我推荐这款小机械臂，比起一般机器人，这只纤细的手更小型，仅有 500 克重，但可以很灵巧地抓起东西。它通过前端摄像头，来看药丸的颜色和所处的位置，然后将药丸进行分色分类。眼明手快，这位拣药高手的速度令人咋舌，也激起了我的好奇心和斗志，我决定来一次人机大战。三种颜色的药丸放在我面前，我需要用最短的时间把药丸分装在三个小玻璃瓶中。

我屏住呼吸、聚精会神，尝试了好几次，还是败给了这位高手（导演将我最快的一次的画面放进了纪录片里），我的动作并不比机器慢多少，但还是要考虑一下：无论多么熟练的工人，也不可能 24 小时不间断地工作。机器在工业生产中的优势早已被历史证实，而人工智能则让这些机械手变得如有神助。

我们观摩它的时候，它正用它触手部位的点焊枪，夹住一块钢板。稻叶先生说，这台机械臂还可以焊接钢板，机器人最重要的是它的速度，工作速度快慢直接决定了机器人的性能，而且它还可以一边运作，一边思考能做多快。

我们又来到一个绿色的机械臂跟前，它正在将轮胎运输到汽车的后备

127

箱。这个粗壮的大块头看起来有点危险，但你完全可以站到它跟前，用手随便碰碰它身体的任何方向，它就会识相地停下来。如此看来，它可真是一个安全又温柔的家伙。

布鲁克斯于 2012 年让巴克斯特亮相于世。那时候，人们还是认为即使自动化系统有了"会说话的大眼睛"，这仍然无法取代人类的双手和眼睛。在一堆物件中快速识别出需要的物体，并可以取出来，在当时人们看来，这项技能还是人类独有的。然而，在发那科，我却见到了眼明手快的机械手，它快稳准地进行着药丸分色。人工智能的发展速度总是超乎我们的想象。

当然，目前还是没有机器人的手可以伸进口袋摸出五分的硬币，大多数时候，它们的手也只是一个钳子、一块金属、一把点焊枪。机器人的世界还是没有诞生出如人类一般灵巧的、有五根手指的手，"摸头杀"或者抓耳挠腮，这些行为也只属于人类，或者仅仅停留在科幻电影中的机器人。人类有太多机器人无法企及的优势。但是，机器人需要有一双跟我们一样的手吗？答案是否定的。或大或小、动作麻利，可以 24 小时不间断工作的机械臂，已经被越来越多的工厂采用。大量智能化机器，加上少量从事管理和维护的工人，奥迪、特斯拉等企业纷纷建起了智能化的无人工厂，这样的生产模式能够提高生产效率，降低成本，节省大量的人力资源。但与此同时，多少人会丢掉饭碗呢？

据说当年布鲁克斯到布朗大学，对一群毕业生的家长进行演说，推广他的巴克斯特，就有一位家长大声呵斥："人们的工作岗位怎么办？机器人是要把工作岗位都抢走吗？"对此，布鲁克斯的看法是："人们总是担心机器会抢走人类的工作，但实际上机器只是在填补人类不想要的工作岗位的空缺。机器人会被安排在难以招到人类员工的地方。"他描述了自己的亲身体会：

巴克斯特的工程师走进工厂，询问工人们将来是否希望自己的孩子跟自己做着同样的工作，没有一个人说愿意。

事实情况是，人工智能和机器人在工厂中的大量出现，的确是给工人们带来了一定程度上的威胁。《人工智能时代》作者杰瑞·卡普兰（Jerry Kaplan）说："那些只能靠出卖劳动力维生的人，当自动化可以取代他们的劳动时，将对他们造成严重的伤害。"比尔·盖茨（Bill Gates）因此提出今后要向那些主要使用机器人从事生产的公司征收"机器人税"。特朗普说，我们要把制造业重新带回美国。看上去，他似乎是给工薪阶层、蓝领阶层传达一个信息——美国政府会增加就业机会。但实际上，这种制造业的回流是用机器替代人的劳动，制造业的回流并不意味着就业会绝对地增加。人和机器进行分工并共存协作，这是制造业比较理想的环境，但的确只有少数的人需要留下来维护、操纵或者管理机器，丢了饭碗的人该何去何从，这是一个绕不过去的社会问题。机器触摸不出我们手心的温度，人类也不希望感受机器金属材质的冷冰冰的"手"带来的寒意。

每个孩子都有自己的"哆啦A梦"

摄制组第一次见到高桥智隆教授的时候,他在他的机器人教室,正与孩子们进行一场机器人比赛。参加比赛的机器人是高桥教授设计的,他教孩子们进行组装,然后比一比谁的机器人跑得最快、谁的机器人不容易摔倒。高桥蹲在地上,和孩子们一起给机器人加油,看到机器人摔倒了,他露出怜惜的表情。比赛的结果是,高桥教授输了,孩子们欢呼起来。下课时间到了,一群孩子围到高桥身边,请他给自己签名,高桥就是这帮孩子们的偶像。

这位身穿黑色线衫,中分发型,别致的小胡子,颇有几分偶像剧男主角味道的高桥智隆,是日本赫赫有名的仿人形机器人专家,被誉为"可爱机器人教父"。高桥教授说起话来,浅浅的笑容、温柔而富有磁性的嗓音,让我们摄制组的女编导分分钟成了他的迷妹。

"曾经年少爱追梦,一心只想往前飞。"用这句歌词形容高桥教授,非常恰当。他五岁的时候做出了人生中第一个机器人——用肥皂盒做的一个小机器人,虽然不会动,但有脸有身子,这对一个五岁孩子来说,算得上是力作。他深受《铁臂阿童木》的影响,读了漫画以后,他发现书里不仅有阿童木,还有很多充满魅力的机器人,以及各种制造机器人的场景,年少的他就暗下决心:"原来机器人是人造出来的呀,那我以后也要从事这样的职业。"

当然,高桥并非只对机器人感兴趣,年少时候的他对科技、机械都很感兴趣,长大一点后,他又对很多事物都产生了兴趣,爱上遥控车,喜欢钓鱼，也有一段时间迷上滑雪，还喜欢上改造汽车等。大学毕业时，他发觉自己还是想成为工程师，想回到自己对机械等产生兴趣的最初的出发点——制造机器人，这是一直伴随他成长的梦想。

京都大学毕业后，高桥成立了自己的机器人公司。其实早在大学期间，他就申请了一些专利，也发售了一些利用自己的专利做出的机器人。和很多创业者一样，他觉得要想实现自己的梦想，必须有一家自己的公司才行，于是建立了制造机器人的公司 Robo Garage。

2005 年的机器人世界杯足球赛 RoboCup 在大阪举行，在此之前，大阪大学的石黑浩教授就邀请高桥加盟项目小组，他们与其他四家公司联手，共同开发仿人形机器人参加比赛。他们开发的机器人先是 2004 年在葡萄牙里斯本举办的大赛中获胜，2005 年在大阪大赛也获胜，2006 年在德国，之后是美国，2008 年在中国苏州——他们取得五连冠的惊人成绩。

高桥说，他把所有的经验都运用到了机器人制作中，无论是外观设计、

高桥智隆教授以"铁臂阿童木"作为自己的人设包装，无论走到哪里，他都穿着一双红鞋。

试行启动机器人时碰上的问题、人对机器人表现出来的反应，还是通过制造机器人结交的同行，如石黑浩教授，这些对他来说都是莫大的财富。

在一步步优化机器人制作的过程中，高桥发现，很多对人类来说稀松平常的事情，对机器人来说却非常困难。例如步行，就是一大难题。人类即使在凹凸不平的路上，也能照走不误不会摔倒，碰上障碍物也可以绕过去，而这些要让机器人来做，着实不易。人类理所当然的一个简单动作，也需要赋予一定的工作原理才能让机器人得以实现。越是人类无意识状态下做的一些动作，对机器人来说就越难。更何况高桥他们做的还是仿人形机器人，这在技术上更困难（到目前为止，还是车轮等非仿人形机器人在行动上更灵活）。

明知山有虎，偏向虎山行。既然确定要做交流型的仿人形机器人，首先要看上去亲切，其次就是动作上要尽量向人靠拢。与人类相比，机器人一旦有什么不自然的动作，就会失去亲近的感觉，所以步行姿势，甚至爬起来的姿势也需要看上去自然。如果机器人有和人类的姿势不同的动作，就一定要被改进。正是本着这样精益求精的精神，一般的机器人大多是屈膝步行，而高桥的机器人是先伸直膝盖，再屈膝前进。这与人类的步行姿势很接近。除了行动姿势上要与人接近，在和人交流时，适当的回应速度等所有人类的交流要领，都需要反映到机器人身上。

对于"仿人形"，高桥有着自己独特的理解。他认为将人类的基本外观和人类的交流过程进行简化，最终让机器人承担交流的作用。交流未必需要外表上像人，但外形一定要够可爱，看上去值得信赖。

至今，高桥制作了很多款机器人，所有的机器人都是小型机器人，而且越来越小。有陪着宇航员飞上太空的，也有可以放在口袋里的。高桥希望机器人通过与人交流，收集人的行动和生活方式等相关信息，并利用收集到的信息再给人以建议。他觉得，在现实生活中，担当枢纽作用的机器，实质上就是智能手机，但其功能和作用还很局限。高桥的下一个目标是：造出能取代智能手机的小型仿人形机器人。他认为机器人应该服务所有人。高桥说："我做的都是我自己想要的机器人，不是为谁而做，而是根据我自己的喜好和个人品味，为了实现我梦想中的、自己想要的那款机器人而不停地制作。"

高桥制作的最著名的一款机器人就是 Robi，身高 34 厘米，重 1 千克，能听会说 8 种语言。中国台湾演员陈柏霖在参加某档综艺节目时，将 Robi 送给了韩国演员宋智孝；高桥还将小 Robi 送给过超级奶爸林志颖。他描述起 Robi 的制作过程："我一直在想能不能制作出一个像'铁臂阿童木'一样的机器人，并且可以作为商品让大家能买到。先是画草图，同时思考机器人零部件的形状、机器人的外形设计等。至于如何制作零部件，我一般切削塑

"可爱机器人教父"的杰作，不能更萌！

133

一个人设计和制作机器人，是高桥智隆教授的工作风格。

料或金属，或先做出个木头模型，再用木头模型将塑料成型为零部件，这样将我做的所有零部件和马达、电池等组装起来，再输入程序，进行动作测试。一个小机器人成型后，我再和相关公司合作，他们再将我手工做的机器人拆开分解，扫描零部件，获取数据后做成铸造金属模具，将其制作为商品。"高桥的草图里，会写明尺寸、零部件的形状以及组装方法，如何分解零部件，组装顺序等。值得一提的是，整个制作过程，都由高桥独立完成。

在高桥看来，机器人是一个新兴领域，不容易进行分工。汽车诞生之初，就是一个人在自家空地手工制作出来的，机器人也是同样的情况。而现在制作汽车需要怎样的技术，有哪些工序，都已经很清楚了，所以可以分工，这些分工都是摸索之后才形成的。机器人尚处于最初的阶段，在时间允许的情况下，需要一个能理解所有工序的人，运用其经验、技术，在外部的支持之下，独立完成。他虽然也和很多家企业一起合作，但如果民主地听取大家意见的话，可能最后就做不出一个好的机器人。他宁可选择一个人做判断，在一个统一的产品概念下，完成制作的全过程。

摄制组强烈要求高桥现场演示一下"萌妹子"小 Robi。

"你好。"高桥很温柔地对 Robi 说。

"你好。"Robi 甜甜地回应。

"站起来！"

"站起来咯！"Robi 一边说着，一边像一个小孩子一样慢慢地直立起来。

"你能做什么？"

"能计时，踢足球，做游戏，打扫卫生，很多事情都能做！哈！"Robi 一边说着一边拍拍自己的胸脯，好自信的样子。

"做俯卧撑吧！"

"1……2……"这小家伙做两下就砰地一屁股坐到桌子上，撒娇地说："我累了！"

高桥智隆教授对 Robi 宠溺的眼神，就像是父亲看着自己的女儿。

看来"撒娇女人最好命"这句话对机器人也是适用的，此情此景，谁都不想再辛苦小 Robi 了。小 Robi 的声音酥酥软软，还会说中文，它的样子真的瞬间萌化你的心。高桥托着腮，耐心又温柔地跟他的小机器人对话，宠溺的眼神，就像是父亲看着自己的女儿。你顿时就能理解这个宁可选择单兵作战的教授，对于他的机器人是有怎样一种执念。

正因为执念，才会对与之有关的所有事情都亲力亲为，外观、构造、价格、包装设计等，他都要一一过问，这或许也是追求梦想的人筑梦途中的正确打开方式吧。

高桥说："我之所以会走上制作机器人的道路，是因为小时候玩过拼插玩具，有过各种手工制作的经历，这些经历有必然的部分，也有很多偶然的因素，让我对机器人产生了兴趣，也让我掌握了机器人的制作技巧。所以我希望现在的孩子们也能有这样的机会。孩子们没有必要都成为机器人专家，但机器人是孩子们容易感兴趣的领域，希望以此为契机，让孩子们能对科学产生兴趣，今后在各领域发展。"

五岁时与机器人的第一次亲密接触，竟让高桥智隆将制作机器人变成自己最爱的事业，用想象力和激情搭建出一个机器人的世界。这个世界里，有他，有各种各样的机器人，有温柔对待机器人的孩子、老人、男人、女人，还有他从五岁至今从未改变过的与机器人有关的梦。

Chapter 04

In Search of
Artificial Intelligence

AI 改变世界，
谁来改变 AI？

当石黑浩遇上"石黑浩"

日本机器人科学家森政弘曾发表过一篇题为《恐怖谷》的文章,提出著名的"恐怖谷理论"。即当机器人的外表和动作逐渐趋向真实人类,但又做不到完美模仿时,人类对机器人的反应便会变得尤其敏感,人类只要发现机器人与人类有一点点的差别,都不能接受,并且觉得机器人整个看上去都非常僵硬恐怖,犹如行尸走肉。因此,森政弘认为机器人生产者不应该尝试让机器人看上去过分像人。

同样是在日本,另外一位机器人科学家石黑浩教授却不这么认为,他是日本也是全世界仿人形机器人专家的代表。在石黑浩的研究室里,我们见到了拥有23岁女孩外表的机器人艾瑞卡(Erica)。她拥有金属的骨骼、硅胶

我身边这位是美女艾瑞卡。

的皮肤，可以做出多种面部表情，脸、颈、肩、腰都能运动。艾瑞卡算得上美女了：金色的波波头，闪闪发亮的秀发，标准的锥子脸，眼睛缓缓眨动的动人模样还引来摄制组男同胞纷纷与"她"搭讪。这位前台姑娘的视觉、听觉来自房间内的各路传感器，依靠数据库通过合成语音来与人交流。虽然她只能一直端坐着不能走动，但乍一看，你真的以为是一位人类美女坐在那里。

在见到艾瑞卡之前，我见到的另一位仿人形机器人家族的成员，却着实把我吓了一跳。当我走进采访间，映入眼帘的是一个坐在黑丝绒窗帘前面的机器人，我不由自主地叫了一声，然后本能地往后转身。这个机器人长得跟石黑浩几乎一模一样，一动不动地坐在那里，皮肤、皱纹，几乎与真人无异，神情严肃，嘴巴时不时微微张开，脑袋也猛然抽搐一下。有那么一瞬间，我脑海中浮现出"恐怖谷"三个字。在杜莎夫人蜡像馆，看到那么多逼真的人形蜡像，我不会有任何的不适应，但是这一次，我知道这个"石黑浩"是机器人而非蜡像，不由自主地担心它会不会突然起身、会不会突然扑向我。我完全有种想要逃离的生理反应，不过"坚强"的意志和职业精

与两个"石黑浩"合影：假作真时真亦假。

神让我强作镇定地留在了原地。

不一会儿，真正的石黑浩出现在我面前，他穿着跟他的双子机器人一样的黑色衬衫、乌黑浓密的头发，"两人"表情也差不多——一副眉头紧蹙的严肃表情。不过石黑浩会微笑，机器人"石黑浩"的面部还是有些僵硬。我微笑地迎接这位受访者，面对两个"石黑浩"，我开始了与他们的访谈，但总感觉有些怪怪的。

为什么会热衷于做出如此逼真的机器人？对于这个问题，石黑浩的解释是，他对人类自身非常感兴趣，他想了解人类究竟是怎样的存在。当问到他有没有自己的机器人偶像时，他的回答竟出乎我意料——"事实上我对机器人不感兴趣，我对我自己很感兴趣。当我是个小学生的时候，大人会说，要考虑其他人的思想，我理解不了人类和思想到底是什么意思，所以我对人类那没有被开发出的世界总是很感兴趣。另一方面，我对油画这类艺术非常痴迷，所以想学习油画。但是我放弃了做一名油画家，学了计算机，最终我研究了机器。艺术家希望通过油画展现自我和人性，我希望通过机器人展现人性，所以本质上，我想我做的是同样的事情。我的梦想是更多地理解自己，理解人类。"

石黑浩少年时的确想成为画家，但因被诊断出轻微色盲，不得不放弃梦想。有趣的是，石黑浩日后却成为了计算机视觉专家，并在他就读山梨大学期间，成功开发出导盲机器人。他还曾在2004～2008年间率领大阪团队连续4年夺下机器人足球赛世界杯RoboCup的冠军。不少无怨无悔投入这个领域的日本学者，多少都是因为成长阶段受《铁臂阿童木》《哆啦A梦》等大量关于机器人的日本漫画影响，我本以为石黑浩也深受其影响，没想到他却给了我如此相反的答案，接下来我们的采访有些辩论的味道——

"你知道在机器人制造方面有不同的方向。有人认为机器人不需要看上去和人一样,如果是一个扫地机器人,它用轮子比用腿更好。你为什么对像人一样的机器人会感兴趣?从功能上来说,它们并不如一些特别设计的机器人有用。"

我提问的依据是,日本、美国机器人学界长久以来一直存在对"机器人到底要不要像人"的争论,尤其在福岛核灾时达到最高峰。因为灾后首先冲进高辐射的核电厂废墟侦察的,竟是一个拥有超长伸缩手臂的美国机器人——由 iRobot 公司制造的 PackBot。据说这件事后,日本机器人界也有人觉得,如果对于"人形"过于着迷,是不是会浪费太多时间和资源。大阪大学教授、智能机器人研究所(又名石黑研究室)负责人石黑浩教授,却是"人形"阵营坚强的代表。

石黑浩觉得,如果我们想在生活中使用机器人,就必须要研究机器人如何与人类互动,与人类互动最好的界面就是人类自己。他的第一个挑战是机器人要有像人类一样非常有弹性的皮肤,面部表情、眼睛、脖子等的活动,都要像人。在实践的过程中,石黑浩发现,比如为了让机器人的眼睛能像人类一样眨眼、移动,我们就可以找出眼睛移动的含义。如果没有人形机器人,我们就需要用人类来研究眼睛移动的含义。但是我们有了人形机器人,利用它们,很轻松地就能比较出眼睛移动和不移动的问题了,这个时候,人形机器人就显示出它的优势。

然而,人类的感觉和情绪是非常精细而复杂的,我们的目光接触、细微的面部表情,要让一个机器人能模拟出每一个细微的动态,在我看来是不太可能的。石黑浩却不这么认为,他觉得在将来的某一天,一台机器或者机器人完全可以模拟人类所有的表情。机器人仅仅拥有人类的皮肤和表情还不行,最终是需要能跟人类进行交流和对话,能理解人类的自然语言。这是石黑浩的目标,为了让机器人越来越逼真,石黑浩还聘请了交流学家、神经学家和哲学家。

为什么一定要把机器人做得如此面面俱到？石黑浩并不希望这些机器人仅仅停留在实验室里，他希望非常像人类的机器人能适用于每个场合。比如，可以做接待员、新闻播音员、天气预报员、歌手。这些像人类又不是人类的"美女""帅哥"们一直在微笑，永远不会累，它们也不用上厕所，不用吃饭，不用睡觉。

石黑浩曾经在商店安排过一个机器人做销售员，这是一个关于人类销售员和机器人销售员哪个更成功的挑战。石黑浩评价这个为期两周的实验很成功。他通过观察发现，男生面对女售货员会害羞得不敢说话，但如果使用了机器人女售货员，男生就不会害怕说话了。另外，机器人更容易取得人们信任，因为人们觉得机器人是不会说谎的。机器人说话会保持和蔼可亲的状态，而人与人的沟通则很容易遇到一些说话强势的人，相比之下，与机器人交流，似乎更加让人舒服。如果这个机器人颜值在线，在石黑浩看来，那就再好不过了。石黑浩绝对算得上科学圈的颜控！

石黑浩还将他的仿人形机器人应用到了剧院，他们在舞台上使用了机器人，通过机械视角看，机器人可以表达出像人类一样的情绪。石黑浩认为机器人可以取代演员的表演。

我能明白他在尝试的东西，但还是持怀疑态度。我采访过好莱坞著名演员摩根·弗里曼先生（Morgan Freeman），他不相信自己的工作会被机器人取代，因为他觉得表情和表演都是非常精细而复杂的，再伟大的机器永远都不可能掌握。

石黑浩却说："那么计算机图像呢？好莱坞电影总是使用非常复杂的电脑动画，特别是机器人电影，几乎所有的角色都是由电脑动画制作的。最近我们做了一部新电影，不使用电脑动画，而是只使用机器人作为演员。所以这种可能性是存在的，我们会很快用机器人科技达到人类演员的水平。"如果弗里曼先生坐在我的位子上，一定会质疑地挑起眉毛。

石黑浩甚至想制造出机器人的情感行为，他们正在给机器人植入"动机"和"愿望（欲望）"。如果机器人有了动机和愿望（欲望），它们就可以理解人类的动机和愿望（欲望），也就会更像一个友好的人。这是他想在5年内做成的事情。为什么我们不能省下时间和金钱去做更加功能性的机器人呢？比如移动物体的、打扫地板的机器人，它们会更实用。石黑浩认为，一方面政府在这一类机器人身上已经投入了很多钱，另一方面互动交流的机器人也很重要。他的观点又回到了自己制造机器人的初衷上："我们的目的是理解我们自己，为什么你要采访我，你采访一个人，人是对我们最重要的，因此每个人都想去理解人类。我通过创造机器人的方式理解人类，这样机器人可以成为一面反映人性的镜子。通过和机器人的交流，我们可以得到一些关于人类的观点。"当石黑浩第一次跟自己的双子机器人接触时，他意识到对自己的脸部、动作、表情等方面，有很多的不了解。

这个以电路和硅胶做成的双子机器人，和它的主人一样身高1米75，一头乱发，有些还是石黑浩本人的真发。石黑浩经常不在家，造一个双子机器人放在家里，可以陪伴家人，他的家人和朋友觉得有这个机器人在家就可以了。"石黑浩"一动不动地坐在家里，"他"可以做什么呢？

石黑浩说："我平常在家里坐在电视机前，一言不发，所以把它（指双子机器人）放在家里，家人也不会觉得怪异。"后来，石黑浩又根据自己女儿的样子做成了一个机器人，起先，它的动作有点像小丑这样的，像是个僵尸，把女儿给吓着了。后来石黑浩改进了功能，将女儿的双子机器人做了优化，意想不到的是，女儿因此爱上了机器人科学，研究起了机器人。

于是这户人家有两个爸爸、两个女儿、两个机器人研究者，这真是一个另类而有趣的家庭啊！

假作真时真亦假

人类的定义是什么？石黑浩说："人类是一种猴子，一种使用机器的动物，这就是定义。如果我们不使用工具或者机器，我们就不是人类。比如说，我们不会觉得用塑料假肢的人类就不是人类，这意味着人的身体并不是人类的必需品，我们可以接受机械身体，所以我想说的是，人类和机器人之间其实没有严格的界限。"

人类有自己的不完美，机器人也有它的不完美，它的程序非常复杂，它也会犯错。如果机器人可以成为我们的搭档或者朋友的话，我们绝对需要接受机器人的不完美。如果机器人成为我们的好伙伴，我们便不再区分人类和机器人。这是石黑浩的观点，在他看来，财富可以分给机器人，遗产也可以分给机器人。这样一个人机共生的关系，取决于我们是否能和机器人有一个良好的关系，我们如果把机器人接纳为和人类一样的社会伙伴，人和机器人就没有什么严格的区别了，连司法系统都需要适应新的现实。石黑浩说："我们既然可以接受残疾人使用假肢，我们就会接受更多的机械实体。"

我与石黑浩的"辩论"持续升温——

"不管机器人如何模拟人类的行为或感情，它没有自我意识，它只是在

石黑浩教授说:"机器人是一面镜子,科技是我们理解人类的方式。"我认同这个观点。

模仿人类感情的表达方式,或者是人类的感情在这些机器人上的投射。"

"没人知道什么是人类的感情,这依然是个哲学或者神经科学层面的问题。没人知道我们人类的情感是怎么来的。特别对小孩子来说,他们不理解什么是悲伤,他们只是在哭。当他们和其他人交流了以后,他们懂得了悲伤的含义,然后他们才有了真实的感觉。如果我们按照人类发展的过程来发展机器,机器有可能会有人类的情绪和感情,有这种可能性。但是没人知道'感情'的含义到底是什么,我们只是说我们有感觉,但是没有证据。"

我请石黑浩用三个词定义人工智能未来十年的发展。他说的第一个词是"意识",我们拥有意识,但是没人知道我们怎样把这个意识植入到机器人当中,如果我们能够对意识有更好的理解,机器人绝对会更像人类。"意识"之后,在他看来,是"想象力"和"创新力",他说:"我们当然会集中在想象力上,最终我们会集中在创新力上。"

我们在求同存异的辩论中，结束采访。这个努力把机器人做到某种他所认为的极致境界的教授，不苟言笑，他一边做着交流，时不时会不由自主地把手搭到他的双子机器人"石黑浩"的肩膀上，有种称兄道弟的亲密感，看得出来，他真的是把机器人当作自己人，面对这两个长相无异的石黑浩，我有种"假作真时真亦假"的感觉。

仿人形机器人真的可以如石黑浩认为的那样，可以很好地与我们进行交流，可以做一个好的售货员、好的接待员、好的新闻主播、好的演员吗？我相信当技术达到某一个阶段，达到稳定成熟的时候，也许我们会去接受这些机器人朋友，但是如果机器人真的拥有了人类的感情，那么一个又一个长相完全一样的艾瑞卡、"石黑浩"，是否会渴望"独一无二"呢？记得斯皮尔伯格导演的电影《人工智能》(AI)中，那个模仿人类孩子的机器人，对拥有人类母亲的爱有了执着的向往和追求，并千方百计地证明自己是"独一无二"的。

我们究竟需要什么样的人工智能？是需要一些只有轮子没有腿的机器人帮我们扫地，还是一个如花美眷可以陪我谈心？是需要一个大数据告诉我们得了什么病，还是需要一个压根就没有方向盘的车子？实际上，我们对机器人的态度，也折射出我们的欲望、我们的需求。没头没脚的行动派也好，逼真的颜值担当也罢，每个人都会有自己对机器人的理解和偏好，取决于使用者的环境、目的和性格。或许，对人类来说，最重要的是通过科技增加各种可能性，石黑浩说："机器人是一面镜子，科技是我们理解人类的方式，这是我一直相信的哲学。"我认同这个观点。

我，半机械人

《终结者》(*Terminator*)里阿诺德·施瓦辛格(Arnold Schwarzenegger)扮演的T800让世界第一次直观感受到了机械与人体组织结合的力量；《钢铁侠》(*Iron Man*)中，史塔克依靠先进的动力装甲让自己拥有了日行万里拯救地球的能力；《X战警》(*X-Men*)中，绰号"金刚狼"的机械战警身体骨骼被艾德曼合金所替代，原有的骨骼替换成无坚不摧的钢爪，仿生器官也异化成了一种特殊的武器。一直以来，这些半人半机械的"生化电子人"都存在于科幻电影、科幻小说中，然而，在现实生活中，也有一位希望能将人体与机器连结起来的疯狂教授，更疯狂的是，他还拿自己做起了实验，成为世界上第一个"半机械人"(Cyborg)。这个有点像从科幻电影里面走出来的"疯狂教授"就是英国考文垂大学常务副校长、原雷丁大学控制学教授凯文·沃里克(Kevin Warwick)。

早在1998年，沃里克就将芯片植入到自己的手臂，成为世界上第一个"带着芯片行走的人"，这芯片就像是个能植入人体的GPS定位系统，会把沃里克的实时位置传送给芯片对应的计算机，而计算机能根据他所处的不同位置给出相应的反应。所以当沃里克走到走廊的时候，灯就会自动亮起来；当他走向实验室的时候，门就自动打开了；穿过前门的时候，计算机智能管家会说："你好，沃里克教授。"就像《钢铁侠》里史塔克拥有贾维斯那样，这个芯片，就是沃里克"贴身又贴心"的智能管家。

凯文·沃里克教授有点像从科幻电影里走出来的"疯狂教授"。

这世界上第一枚在人类身体里逗留过的芯片，被英国科学博物馆收藏。沃里克给他的第一个实验命名为Cyborg1.0。爱冒险的疯狂教授在4年后的2002年，再次将芯片植入体内，并称之为Cyborg2.0。这一次是一个3毫米见方的芯片，芯片一端是能量，另一端是3个微小的印刷电路板，连接着100个电极，植入的芯片通过一根包裹在沃里克左手臂神经纤维外面的细电线，与沃里克的神经系统相连。也就是说，植入的芯片，可以从沃里克的神经纤维中接收信号，并立即将接收到的信号发送给计算机。这一次，芯片在他的体内停留了三个多月。

作为实验的一部分，沃里克也为妻子植入了芯片电极，夫妻俩大脑连接。当妻子攥紧拳头时，沃里克的大脑就会接收到脉冲电流，这种电流被他描述为"一种在我们的神经系统之间非常基本的电报形式的沟通"。

沃里克为什么会对自己的身体"动刀子"，成为第一个吃螃蟹的人？他想要证明什么？他究竟是个怎样的疯狂教授？带着好奇，我拜访了这位科学圈的怪咖。

沃里克的家中整洁、敞亮，壁炉上，还有壁柜上放着各种照片、奖杯。真的无法想象这间房子的主人曾有过疯狂的举动。

沃里克撸起袖子，指了指他左臂上的伤疤，描述起当时做手术的情景。外科医生不得不打开手臂寻找到非常小的神经系统，然后把移植物锤打在上面。这些东西被锤在了神经系统上，然后很多电线在手臂上运行，从手臂里面伸出来。为什么要将电线从手臂里面伸出来？因为外科医生担心沃里克的神经系统会发生感染，那会导致无法再使用自己的手。所以这些电线实际上是为了发现感染而争取时间，如果发现了对应的感染，那外科医生就会马上把移植物拿出来。所以在芯片停留在沃里克手臂里的那段时间，他也不得不被实时监护，以确保不会发生感染。

为了移植，沃里克接受了麻醉。当晚，他吃了一片止痛片，更多的只是为了预防疼痛而非其他，但是结果表明并没有想象中的痛。事实上，当你的神经系统或者你的大脑中有电子的时候，你就没有疼痛感了。

沃里克还得戴着一个金属护手，里面是一个小的天线和电池。然后这个护手从神经系统传输无线信号给计算机，也会从计算机那里获得信号并刺激沃里克的神经系统。信号从神经系统一旦传送到了计算机，就可以把它们发送到你想要的位置。这些是我们所说的大脑信号、神经信号。信号也可以从计算机传送到神经系统，大脑也可以学着认出这种信号。沃里克得握上自己的手，那将会产生一种特定的可以识别的信号，这种运动信号将会被传送到计算机里。

大概有两周的时间，团队都在提升电压，但是沃里克没有任何感知。后来当提升到 80 微安培、50 伏特的时候，他开始能感觉到脉冲了。之后就是去学习着感知这种脉冲，而且他还去了几千公里之外的地方，去尝试控制另一只机械手。

沃里克去了位于纽约的哥伦比亚大学，团队把他的神经系统连接到了互联网，然后再连接到另一只位于英国的机械手上。所以当沃里克在纽约握拳的时候，大脑信号通过互联网传到了英国，英国的那只机械手也握拳；当他在纽约展开拳头的时候，那只在英国的机械手也做了同样的动作。

这样的神同步花了很长时间才得以实现。大概有20个人在不断改进这个技术，沃里克不得不时刻盯着屏幕来观察机械手在做什么。据他回忆，当机械手抓着什么东西的时候，他是真的有感觉的。团队在机械手的指尖安装了传感器，这样一来机械手触碰或有其他动作时，发出的信号就会从英国传递到纽约来，沃里克的大脑就能够接收到这种脉冲，这使他得以知道那只机械手被施加了多大的力。

团队花了6周的时间去训练沃里克的大脑感知这种脉冲，当他真的到了纽约做这个实验时，大脑已经能够适应新的脉冲，并成为一种本能，它知道自己的主人在做什么，知道这个实验要做什么，也知道主人会从机械手那里得到信号，它也能感知到那只机械手正在抓一只鸡蛋或者一串葡萄。

实验成功，他们第二天就飞回了英国，只不过在过安检的时候出了小插曲。沃里克花了不少时间跟安检解释，还拿出了很多参与实验的医生和科学家们所开具的证明书，甚至说："是的，我是一个生化电子人，我就戴着这个科技呢！"我相信，沃里克一定是有史以来最"科幻"的机场旅客，安检人员当时会不会有一种穿越到科幻电影中的感觉，或者他想该不会是愚人节吧——因为生化电子人活生生地出现在眼前，这太不可思议了。

结束实验后，沃里克写了著名的《我，半机械人》，引起强烈反响。沃里克认为：任何失去手或者腿或者身体其他部分的人，都可以移植这种机械装置，甚至一般的能由大脑控制的生物义肢也可以尝试这项实验。据他所知，这个装置已被一位瘫痪病人使用。装置被放置在病人大脑中的运动区，用来接收大脑的信号，然后传递到病人的袖口那里。所以，虽然因为瘫痪，病人不能移动自己的手，但是来自大脑的信号却可以刺激他的肌肉，以此来让他动起来。病人先在大脑中想着"我要动"，然后大脑的信号传递到神经系统中去，这样病人的手腕和手多多少少可以动起来。

作为实验的另一个部分，沃里克还做了一顶拥有超声感应器的棒球帽。当信号过来的时候，信号直接就传送到了神经系统，大脑就频繁地接收到脉冲，这样一来，就有了超声感应的能力，他认为这种知觉可以帮助盲人。这并不能使他们复明，而是给了他们一种新的感知周围环境的方式。盲人会知道前方有东西，不需要导盲棍来帮他们，他们可以用超声的方式去感知，就像是一种额外的感官一样。

沃里克对生化电子人的运用，持很乐观的态度。他还大胆想象，有了这个科技，就可以延展你的神经系统，你的大脑可以在某个地方，而你身体的一部分则可以在任何你想让它在的另一个地方。这项实验跨越了大西洋，连结着纽约和英格兰，如果你能把这个技术需要的装备放在火星上的话，你可以连接着地球和火星。也就是说，如果你能实现技术要求的话，你可以把你身体的一部分放到另一个星球上。

他能想到的最好方式就是将人类进行升级，与科技连接在一起，也就是说"共生"。人类去提升的智慧，然后人类的智慧变成一种半生物半科技的状态。

假如记忆可以移植

凯文·沃里克教授早已取出手臂中的芯片,他向我们展示了当年那只被异地遥控的机械手的复制品。教授跟我描述当年的每一个细节,让我恍如在听科幻小说,不可思议,又惊心动魄。他的确从很多科幻小说中得到灵感,尤其是《侏罗纪公园》的作者迈克尔·克莱顿(Michael Crichton)写过的小说,其中有一本叫作《终端人》,沃里克在很多年以前就看过。这个故事讲述了一个大脑中有电极的人,人们通过给他的大脑施加信号来改变他的感受。沃里克说:"我把这个故事更看作是科学而非科幻小说。"他认为他和他的同事所做的事情与克莱顿科幻小说中叙述的故事是很相似的。他说:"我觉得作为科学家,你其实是有一点像科幻小说家的。你先有一个假设'我觉得这是可行的',然后你从科学的角度,用实验和数学方法去证明它是对的。所以科学家有一点像科幻小说家。一个科学原理就是一个科幻的基础。那么很明显的,我们在做的就是把科幻带进现实的生活。"

但是明明可以很简单地使用遥控器或手机,或者利用一张智能卡就可以实现的事情,为什么非得用自己的身体来做实验?在沃里克看来,过去只是旁观控制技术是什么,以及它是怎么工作的,而他的实验是把控制技术移植到身体里,这是一种进步。当门仅仅为自己自动打开,光也仅仅为自己而亮,芯片很快就被当作是自己身体的一部分,他会觉得计算机只为自己在做事情。如果说你是戴了一副眼镜或者别的什么身体以外的东西的话,它们和身体是分离的,它们不属于自己。沃里克觉得有些工作人员很是嫉妒,因为他们体内没有芯片,他们享受不到计算机仅为自己服务的快乐。总之,当沃里

凯文·沃里克教授向我展示当年那只被异地遥控的机械手的复制品。

克在美国哥伦比亚大学的实验室握紧拳头时，隔着大西洋的那只机械手，也因为网络传导的信号而收拢了手指。

我很好奇这位把生活过成科幻小说的科学家，后来是怎么说服自己的妻子也成为了实验的一部分，毕竟妻子并不是科学家。出乎我意料的是，竟然是妻子主动参与这个实验。沃里克猜她当时是持怀疑态度的，他觉得妻子并不相信他所做的实验，只有通过亲自参与来证明到底可不可能。

最终的结果是，当沃里克握起拳头的时候，妻子的神经系统接收到了信号。当妻子握拳的时候，沃里克的大脑会接收一个脉冲，他就知道那是妻子在联络他。沃里克用发电报的方式来形容当时夫妻俩的互动——完全是通过大脑接收的"砰砰砰"的信号在沟通。用这种方式进行沟通，第一次，沃里克虽然没看到妻子在做什么，但却在大脑中接收到了来自她的信号脉冲。

沃里克说得兴奋，但我有些不能接受。夫妻间即使再亲密，恐怕也有一

有这样一位疯狂的冒险家一样的丈夫，妻子需要多大的勇气和包容。

些不能说的秘密吧。但是，按照沃里克的实验，把自己的神经系统或者大脑接入了网络，别人就会看出你在想什么，你想做什么。也就是说，当你兴奋、震惊或者生气的时候，别人都可能识别出相应的大脑信号，从而了解到你真实的感受。所以当你把大脑连接到网络上的时候，你就相当于很大程度地向别人展示了自己。那么很明显，你的内在隐私也就没有了。

沃里克的理解是，不仅夫妻间沟通，还有与其他人沟通的时候，你很清楚自己在想什么，即使你说了"是的，这就是我想要的"，但是对方可能还是没法理解你想确切表达的意思。在这种情况下，这项技术可以很快地帮你了解对方的想法。的确是有一些不想让别人知道的想法，这个问题取决于怎么去利用这项技术，就像如何利用电话一样。他觉得他和妻子的神经系统间的沟通方式让他们向彼此靠得更近，这是他以前没有想到过的。夫妻间是有亲密关系的，但是这种神经系统间的连接，在沃里克看来，可以让夫妻间变得更加亲密。

沃里克不觉得这项技术会让彼此知道所有事情，只是会更精确地了解一些事情。比如说，他就很想知道妻子什么时候生气了。"你生我气了吗？""没有。""有什么问题吗？""没有。"——如果丈夫能够更多地了解妻子的想法，就能知道哪里出了问题，能做什么。所以，沃里克觉得，神经系统的彼此开放，可以改善相处方式，促进更加有效的交流。

采访结束前，我问了沃里克最后一个问题：下一步准备做什么？他发出爽朗的笑声："大脑间通信是项重大实验，这至少要在脑中有一个植入物，这是项大举动，因为伴随着很大的风险。"说着，沃里克摇晃了下他的左手，"上一个实验，让我差点失去手的功能，这个实验涉及大脑，会严重得多，但是——这就是我的下一步！"

有这样一位疯狂的冒险家一样的丈夫，妻子需要多大的勇气和包容。我们采访的时候，沃里克的妻子碰巧也在家，即使对着我们的镜头，老夫老妻也会情不自禁地秀起恩爱。即便如此，他的妻子还是明确表示，坚决不会卷入到丈夫的下一个实验中，而沃里克也需要选择一个合作伙伴，配合他完成这个新的实验，这会是一次艰难的实验，因为不仅需要承担风险，更需要承担责任。

如此奋不顾身，沃里克执着地觉得，当你老了的时候，你可能会患上老年痴呆，可能会失去很多记忆，如果大脑中的芯片与电脑相连成功的话，我们可以把自己的记忆外包出去，让机器来有效地拥有你的记忆。另外，只要你和机器相连，你的大脑就能空出来去做很多事情，让机器去做另一些事情。我们依然拥有人类的身体、情绪以及来自身体的感知，应该是让人们去闻，去品尝，去做他们要做的事。机器更擅长进行数学计算、数据处理，这些可以让机器去做。当然，如果你想做什么事情的话，你可以去查阅计算机，机器就像是你的存储库一样。

阿兰·图灵（Alan Turing）讲过一句名言，遗忘是人类智能的一个重要表现。如果真的如沃里克所言，把自己的记忆外包给了机器，我们从此没有遗忘，大脑记忆的东西太多，会不会不堪重负？看过著名英剧《黑镜》（*Black Mirror*）的观众，应该记得这样一个故事：每一个人都在耳朵后面植入了存储着记忆的芯片，芯片里存储着记忆，无论想看哪一天，哪一年，关于哪个人的记忆，你都可以拿着"遥控器"调出记忆。男主角怀疑妻子和前男友还有联系，便拼命地询问妻子他俩当年到底发生了什么，交往了多久。妻子告诉他"都是过去的事情了"。男主没有作罢，上门要挟那位前男友，要求他删除他芯片里关于他妻子的所有回忆片段。但是当前男友删除记忆的时候，男主意外地发现在这个男人18个月以前的记忆里竟然还有他妻子的存在，那时他和他妻子已经结婚。最终他发现妻子出轨在先。女主的出轨把男主逼上绝路，最后女主离开男主，男主在家回忆与前妻的点点滴滴，他受不了过去的回忆，也受不了现实，选择划开皮肤，把耳朵后面的芯片取了出来。

沃里克坦言，妻子无法从伦理上认同丈夫的"疯狂"行为，伦理问题的确是科学发展绕不开的核心问题。沃里克下一场实验会是怎样的结果，它又会给人类科学的发展带来怎样的意义？而我们真的需要用"生化电子人"来证明我们与机器的人机共生，证明我们足够强大到可以永生吗？如果再亲密的人，彼此少了隐私和秘密，如果我们的记忆、我们的思想真的被存储进电脑，成了一串串数据和程序，我们会认为电脑里的那些数据和程序就是我们的记忆、我们的思想吗？我们还能遗忘我们想要遗忘的吗？

但不可否认的是，像沃里克这样的科学家给我们提供了一种新的思考方式。也许科技的魅力就在于，它真的让我们一步步将科幻小说变成了现实，而我们要做的，就是以开放、诚实的态度，去拥抱一个不可能一成不变的未来。

"我有一份我喜欢的体面工作,我的孩子在学校很优秀,我的婚姻很美满,我们刚买下一处房子,医生说我的身体状况非常好——总而言之,一个典型的美国梦。我40岁,觉得生活才刚刚开始,如果事情美好得不真实,恐怕就是这样了。"

上面这段文字来自一个叫亨利·埃文斯的中年男子的自述。2002年,亨利被一次突如其来的中风击倒,几天后,他恢复了意识,但他的身体变得僵硬,不能坐到轮椅上,不能支撑起自己的脑袋,不能使用字母板,双眼只能直愣愣地直视前方,眼珠不能转动。他只能眨眼,眨一下,代表"是",眨两下,代表"不是",仅此而已。美国梦,瞬间变成了噩梦。

至今,亨利能控制的只有自己的眼睛,他基本上就像被独自监禁了一般,困在了自己的身体里。外人甚至认为他精神上也瘫痪了,因为不能动不能说话,精神上肯定有问题。亨利有三年的时间都处于抑郁状态,不想活下去……

但亨利最终没有放弃自己,他开始用电子设备来拓展自己的能力,在医院里,他开始学习电脑。他的故事发生了逆转:他可以稍稍控制脖子,通过特殊制作的眼镜向电脑发射激光信号,电脑屏幕上显示一个键盘,可以指向一个字母并点击。通过这个方法,亨利慢慢拼出单词。技术让亨利说服医学界——"我的精神没有问题"。

现在亨利可以熟练地借助特殊眼镜收发邮件,他和机器人以及它们的研发者交上了朋友,他通过控制远程视频设备在家里转悠,

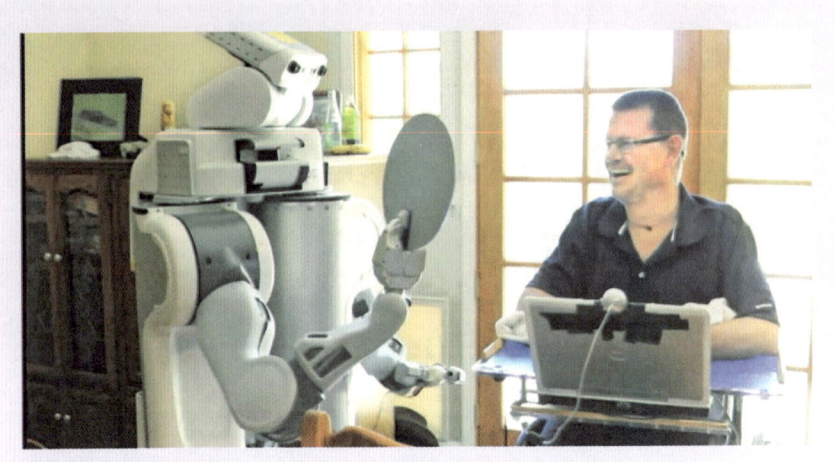

技术让亨利说服医学界——"我的精神没有问题"。

即使不能够陪着妻子一起做家务，当忙碌的妻子看到晃悠到自己跟前的视频设备时，甜蜜和满足油然而生，久违的笑声又回荡在这个家庭中。亨利还通过远程视频设备参加了侄子的婚礼，他用另一种方式重新开启了生命。

亨利有一个心愿，他想要一个脑机交互的界面，转换成可读的电子信号。他的愿望能实现吗？

给我一双慧眼吧

一位叫瑞德·赛尔的盲人，患有视网膜色素异常症，他的视力只相当于正常人的 3% 左右。"感觉就像是透过钥匙孔，努力地窥探着一个雾气弥漫的房间。"瑞德这样形容自己每天"看见"的世界。但是，突然有一天，因为一款眼镜，他能够再次看清女儿们的脸了，能看见女儿给他准备了两个巧克力蛋糕，还有两块像是覆盆子奶酪蛋糕的甜品。瑞德说："这个眼镜的形状有点像过去七八十年代的相机上的取景器。我只需要固定好头带，感觉好极了。"

让盲人重见光明，这样不可思议而又美好的故事，就真实地发生在了现实生活中。牛津大学计算机视觉教授菲利普·托尔（Philip Torr）和他的伙伴们研制出一款电子视觉辅助设备——仿生盲人眼镜 Smart Specs，成为全世界第一个能够彻底为盲人解决行动独立性甚至阅读的技术，引起业界轰动。

基于该项目，菲利普与他的伙伴——牛津大学临床神经学系视觉修复领域的青年科学家斯蒂芬·希克斯博士（Stephen Hicks）创立 OxSight 公司。在谷歌 2015 年举办的全球 4000 家科技公司竞争中，这家公司勇夺含金量最高的谷歌全球挑战大奖（Google Impact Challenge）"公众选择奖"，之后谷歌、苹果旗下创投基金纷纷要求投资参与，他们还获得通过中国某天使投资的种子轮资金。

Smart Specs 眼镜是为那些在法律上被称为"盲人"，实际还残存一点视力的人设计的。在 OxSight 公司，我试戴起这副神奇的眼镜。我小心地往前走，当前方有人朝我走来，我可以看见黑白的图像以及很明显的边缘线。

试戴神奇的仿生盲人眼镜 Smart Specs。

斯蒂芬解释说:"我们用明亮的线条来勾勒物体外观,因为你的眼睛想知道这些物体在哪里,这些线条会帮助你识别物体的形状。在大多数情况下,当你走在路上,你最感兴趣的东西就是你面前的物体。我们通过 3D 摄像机或其他形式的物体检测系统来找到这些物体,然后以视障者们能够看到的方式来重现这些物体。其中一个重要的方法就是提高这些边缘线的亮度,大脑会自动脑补辨别这个物体。"

这款眼镜得益于机器深度学习下的图像识别技术,可以帮助盲人重新"看见"世界,过上正常人的生活。70 岁的詹姆斯说:"戴上眼镜,我知道盘子里有什么东西。"55 岁的丹妮娅说:"眼镜改善了距离和清晰度,我告诉我儿子,你该刮胡子了!"这是在 OxSight 的官方网站上,我们看到的使用者真实的反馈。当然还有我在本文开头提到的瑞德,当他再次看见女儿们的脸庞时,他情难自已:"自她们两三岁起,我就再没有看清过她们的脸。我十分感动,我从未想象过会有这样一天!"

摆出不同的的姿势，屏幕上的影象也随之改变。

现实生活中，有残留视力的人和完全失明人士的比例大约是 9：1。我从相关资料了解到关于失明和视力障碍的现实是：世界卫生组织 2014 年公布数据显示，在全世界将近 6 亿被定义为盲人的人群中，仅有 3900 万人是完全失明的，而有 2 亿 4600 万人属于低视力，2 亿 8500 万人属于视力障碍。仅在英国，估计每年用于解决视觉障碍的卫生预算就超过 2 亿 5000 万英镑。常见的失明原因包括黄斑变性（AMD）、糖尿病视网膜病变、青光眼和视网膜色素变性。视觉受损的个人的前五个常见的问题是：驾驶、阅读、识别面部表情、独立导航和看电视。

我们经常说影像传达的力量，胜于千言万语，盲人对于认知世界的信息损耗，要比耳聋多得多。某种意义上说，这支来自牛津的才华横溢的团队，他们做了一件了不起又格外温暖的事情。

这款眼镜背后是十余年的艰苦工作，不断尝试、推翻重来，以及版本的升级，才有了今天的成果。但是至今，菲利普的团队仍在挑战如何让这款眼镜真正地小型化，这是团队目前最大的挑战。他们必须不断改进对于芯片的算法，不断调整对芯片的设计，以便芯片可以嵌入到设备里，他们也在寻求多方合作，希望可以切实让这款眼镜更广泛地运用到现实生活中。菲利普说，这项技术在学术环境中是伟大的，但是如果真的可以帮助到更多的人，这将比任何事情都更加让他快乐。

"在研发的过程中，你和你的同事之间，有过哪些激烈的争论？""我完全不争论。我们的愿景如此清晰，目标如此清楚，这并不像那种我们本身就存在分歧的事情。我们都非常努力地工作，我们有一个非常集中的目标，这是一件伟大的事情，我们都在试图推动这项事业的完成。"

菲利普语速飞快，神采飞扬，当提及自己的工作时，他就像在夸自己的孩子，说到未来的愿景，他充满期待和亢奋，能从他的眼神中发现光芒，对未来充满期待的光芒。

牛津大学里的速度与激情

采访前两天，导演告诉我，菲利普有个小要求，他要骑着他的哈雷机车带我在牛津大学遛一圈。这真是一个有意思的要求，之前就听说这位曾经梦想成为一名摇滚歌手，却阴错阳差地成了计算机科学家的教授，平日里爱骑哈雷机车，爱穿黑色皮衣皮裤。但还真没想到他这么愿意与一个采访他的人分享自己的兴趣。我准备的所有装束都比较商务，要是坐在他的哈雷机车后面，会不会有违和感？于是，我趁着采访之余赶在商店没关门之前，买了一双浅筒宽跟的靴子。采访当天，为了配合菲利普，我身着一件黑色夹克式针织衫，加上一条紧身的黑色裤子，就这样一副"机车女"打扮，出现在了牛津大学。

"呜……"一阵发动机轰鸣声，未见其人，先闻其声。一身黑、背着一只大包、满头蓬松的卷发、骑着哈雷机车，菲利普一阵风似的出现在我们面前。他甩了甩头发，我才看清他的脸，跟迈克尔·杰克逊（Michael Jackson）有几分相像。他打开背包，里面有好几套西装，他说自己平时很少穿西装，这背包里的行头是为我们采访准备的，我们觉得哪套合适他就穿哪套。大家都被他逗乐了，却也被他如此重视我们的采访而感动。面对这样一个造型放荡不羁，说话直截了当、率真有趣的菲利普，我觉得这哪是一场初次见面的采访，倒像是熟识的朋友约着去兜风。

菲利普邀请我坐上他的哈雷机车，戴上头盔，带我穿梭于牛津那些古老、庄严的建筑之间。这真是一次好久未曾体验到的释放天性的感觉，哈雷

菲利普教授邀请我坐上他的哈雷机车。

人工智能真的来了

机车的轰鸣声在安静的牛津校园里，似乎有些违和感。当天，恰逢牛津的考试日，这所大学有着古老的传统：参加考试的学生需要穿西装、打领结，身披黑色长袍，以表现出对于考试的郑重。我们就这样打破了当天严肃静谧的校园气氛，惹来一位老教授出来阻止我们："你们知道学生们正在考试吗？你们这样大声，我不得不把窗户都关上！"知道我们是来采访的，老人家只好请我们尽快结束。菲利普也没有跟人解释说"我就是这个学校里的教授"，倒像一个做错事的孩子，一个劲儿说"不好意思，不好意思"，我站在一旁都能感受到他很大的心理压力，对于不能跟着菲利普多遛几圈，也有些许遗憾。

哈雷机车和摇滚不是菲利普唯一的兴趣，与很多科学家一样，他对科幻小说也情有独钟，他几乎看了所有与科技有关的作品。他尤其对乌托邦式的未来充满憧憬，在那里机器变得超级聪明，更关键的是，聪明的机器能帮助

古老的牛津学府、放荡不羁的机车教授、神奇的高科技，这或许就是我们身处的这个时代的缩影吧。

164

很多人，这也是他锲而不舍地不断要求自己提高科研水平的原因之一。即使遇到所谓的死胡同，他觉得要相信被认为死胡同的事情，很可能会在一个新的应用程序的光照下复活。他从不觉得工作枯燥，他觉得工作非常有趣，阅读新的科学论文很有趣，思考新的想法很有趣。"我非常喜欢我的工作，它让我早上起床时很快乐。我难以置信，在这个年龄，我可以做这样一份工作。有时候会有挫折，有时我会很伤心，比如当其他科学家在我之前得出一个结论或结果的时候。科学就是一场比赛，有很多人在这个领域工作，它总是存在竞争，激励你要成为第一。这是一个非常令人兴奋的时刻，在人工智能领域工作，我非常兴奋。"

有着对未来满满的期望，始终保持着"成为第一"的心态，这或许与菲利普热爱摇滚、哈雷机车也有几分关系，如果说摇滚的精神，是一种改变世界和不断突破的勇气的话，菲利普将这种勇气诠释得淋漓尽致。

古老的牛津学府、放荡不羁的机车教授、神奇的高科技，这些同时出现在我面前，形成一幅有巨大反差又很有趣的画面，这或许也是我们身处的这个时代的缩影吧。

> 纪录片《探寻人工智能》在江苏卫视确定播出日期后，节目组一一通知受访嘉宾以示感谢，外联导演告诉我，菲利普收到邮件后表现出异于其他受访嘉宾的激动及兴奋，想尽快看到成片后自己是什么样子的，还说他妈妈也很兴奋。这位外表酷酷的教授率真的样子还真是可爱。

人工智能真的来了

放开方向盘

人工智能之于我们，就像是喝咖啡加了糖，虽然量不多，但整个味道会变。人工智能一旦融入到我们的生活中，就渗透到了世界每一个角落，改变了世界原来的模样。汽车，这个曾经改变世界的机器，与人工智能结合之后，到底是成为了有大脑的车，还是有轮子的电脑？

我和摄制组驱车前往位于硅谷的百度美国研发中心。道路两旁，郁郁葱葱的树木，我们时不时会看见甲壳虫似的谷歌无人车与我们擦肩而过，驾驶员坐在里面，手离开了方向盘。我听说坐在无人车里的这些人，都是在帮谷歌做无人车的路测，他们不断对车进行训练，不断积累数据，让它变得更加

可爱的甲壳虫似的谷歌无人车。

试乘百度无人车。

智能。一个机车女打扮的女孩摇下车窗，主动跟我们打招呼，她意气风发，仿佛她正身处未来，隔着车身看着仍然在现世中的我们，硅谷的街道似乎就像是一条通往未来的时光隧道。

2009 年，谷歌在 DARPA 的支持下，开始了自己的无人车项目研发。2014 年 12 月，谷歌对外发布了完全自主设计的无人车，萌萌的，像是甲壳虫般的无人车是谷歌对于未来无人驾驶汽车的想象。截至 2016 年 10 月，这些车子已经进行了超过 320 万公里的公共道路测试，相当于人类司机 300 年的驾驶经验。

就在谷歌快马加鞭的同时，百度用"3 年商用 5 年量产，要在 2021 年让无人车出现在地平线"的宣言开始了无人车研发。百度无人车的研发中心是一个巨大的车库，整齐排列着整装待发的无人车，车库里有一张长条桌，工程师坐在这里开会研讨。在时任首席构架师的彭军先生的陪同下，我体验了一次无人车的服务。一路向前，完全没有踩油门，手也完全没有控制在方向盘上，到了路的尽头，无人车自动识别出我们需要转弯，然后自动进行转弯，方向盘也跟着转动。转弯的速度包括弧度，也经过了设计。彭军告诉我，这些设计的目的是让坐在里面的人感到舒适。百度无人车团队都是一帮脑洞大开的年轻人，主要成员不是汽车工程师，而是一群在电脑上辛勤耕耘的"码农"。他们对于无人车的每一个细节都孜孜以求，至关紧要的是视觉问题——如果无人车看不见周围的世界，它就没有办法达到所谓的安全，传感器要远高于大多数人的反应能力。在车身顶端有一个激光雷达，用于感知周围的物体。这个激光雷达一秒钟可以转十圈，也就是说每0.1秒它就可以感知所有的周围状况。还有两个激光雷达，更多的是用来看车边上的状况，比如小孩、宠物等。车顶上还有四个摄像头，前面有两个摄像头，后面有两个，还有广角。"你知道有个词叫'碰瓷'吗？一个人故意向你撞过来，这个时候，车子会怎么反应呢？"我饶有兴趣地问了彭军这个问题。"由于我们的设计让无人车的视觉360度无死角，车子能很快地发现碰瓷的，并且紧急停下来，这些行为还会被同时记录。百度无人车的行车记录仪比你任何能见到的行车记录仪要高级很多。"这样看来，我可以放心大胆地在后座睡觉咯！

　　当然，你不仅可以坐在后座睡觉，你还可以听音乐、刷朋友圈、浏览文件、进行电话会议，你可以把以前用来开车的时间用在工作，或者休闲娱乐上。当汽车不需要司机时，私家车会不会减少？因为不需要人来当司机，无人车可以24小时待命，随叫随到，如果你很爱共享经济模式，就可以在任何时间、任何地点享受到用车服务。汽车总量减少了，停车难或者塞车的现象或许也会大幅度减少，整个城市的交通情况都会发生巨大的变化。

　　无人驾驶技术不仅具有经济学上的价值，更与生命息息相关。甚至那些只为满足出行需求的人们是否还需要购买汽车呢？因为根据统计显示，私家车 90% 的时间都在停车场度过，占用了太多空间和时间！全球每年大约发生 217 万起车祸，约 124 万人死于交通事故，而 70% 的原因都是人为造成的，酒后驾驶、超速驾驶、疲劳驾驶，或者跟太太吵架、接电话、被眼前飘过的美女吸引了注意力……人类是一群注意力如此不集中的动物，又容易被情绪操控，而机器比我们视力好，又不会感情用事。在所有关于人工智能的科技想象中，关于汽车的这场革命无疑带给我们的想象空间最大。

2004 年，科幻大片《我，机器人》(I, Robot) 中，出现了一辆拉风的奥迪自动驾驶汽车，充满炫酷的未来感。2009 年，奥迪自动驾驶汽车在美国犹他州的波利维尔盐湖创下了自动驾驶汽车最高时速纪录，之后又成功征服了美国科罗拉多州极具传奇色彩的派克峰爬山路线和德国霍根海姆赛道。2015 年 5 月，奥迪 A7 自动驾驶汽车在中国上海市区道路完成试驾。

在中国，广州汽车集团股份有限公司汽车工程研究院自主研发的自动驾驶汽车虽然外形低调，但已在 2016 年 11 月第八届"中国智能车未来挑战赛"中大显身手。它能自主超车，平稳掉头，穿过隧道，准确识别车辆前方的障碍物，自主减速停车。广汽集团董事长曾庆洪先生信心满满地表示："汽

广汽研发的自动驾驶汽车虽然外形低调，却在"中国智能车未来挑战赛"中大显身手。

车肯定是向智能化、自动驾驶的方向发展，我们希望能够顺应这个潮流，我们希望2025年能够真正成为一家智能化的工厂。"

但要打造新一代的智能交通系统，仅仅依靠工程师们的努力是远远不够的。滚滚车轮正是人类社会飞速前进的象征，但在科技带来的速度与激情中，是否也潜伏着失控的风险？如果一个人穿了件肥大的香蕉造型的人偶服装，自动驾驶汽车会觉得他是一个人吗？当你坐在车里，行驶到一个足球场旁边，你知道球可能要横向飞过来了，车子要开慢一点，即使边上没有标志，我们也知道这是一个足球场，可传感器怎么知道呢？

《纽约时报》资深科技记者、普利策奖得主约翰·马尔科夫（John Markoff）是最早报道自动驾驶汽车的记者之一，也是第一位亲身经历自动驾驶汽车事故的记者。谷歌自动驾驶汽车项目的联合创始人塞巴斯蒂安·特龙（Sebastian Thrun）在加入谷歌之前，曾在斯坦福大学带领一支团队尝试无人车的研究。2005年，这辆名为"斯坦利"的车在亚利桑那州的沙漠中做测试时，马尔科夫就坐在副驾驶的座位上。"我们经过一个坡，那边有一棵树，汽车的激光雷达检测到了那棵树，塞巴斯蒂安驾驶座旁有一个红色按钮，需要时可以按下来制动汽车，但在他能碰到按钮之前，我们已经冲出公路，然后一头扎进一堆巨大的沙漠灌木丛中，"马尔科夫用手比画着向我描述当时的场景，"哇哦，太刺激了。一个报社记者可以经历一场机器人的事故，还能活着离开，并且把它记录下来，这真是最好的事情。"我佩服马尔科夫的敬业精神和冒险精神，但还是要问："这样的车，我们敢坐吗？"

2016年5月，特斯拉汽车的一起事故又引发人们对于自动驾驶汽车安全性的讨论。这辆汽车在美国佛罗里达州与一辆拖车相撞，驾驶员丧生。事故原因是处在自动驾驶模式的汽车没能在明亮的天空下发现拖车的白色车身。特斯拉汽车的"自动驾驶"是一项辅助功能,每一次自动驾驶模式启动时,车辆都会提醒驾驶员"请始终握住方向盘,准备随时接管"。但是这位驾驶员还是松开了方向盘。在美国汽车业界有一个被称为"信任过度"的难题,驾驶员并不能很好地理解车辆安全设备的限制。

"无人驾驶""自动驾驶"对普通人来说可能没区别,但"无人"会让人产生"方向盘完全交给机器"的依赖感,但目前的技术并没有达到完完全全让机器操纵方向盘的水平,机器实际上承担的是"辅助驾驶"的功能。很多汽车厂商更愿意把机器辅助驾驶的汽车称为"自动驾驶","无人驾驶"某种程度上是这场汽车革命希望实现的最理想的结果。

"谷歌如何处理'信任过度'这个难题呢?他们将车借给雇员们通勤使用,然后用设备观察雇员使用状况,他们发现了各种盲目的行为,甚至有睡着的。他们意识到无法解决这个难题,于是彻底改变了这一项目的本质,创造出另一种车——撤掉了方向盘,撤掉了刹车和油门,他们完全改变了汽车的本质。"马尔科夫带我们参观了谷歌的这款没有方向盘的自动驾驶汽车,车身里面是一个与传统汽车完全不同的空间。

谷歌创造出另一种车——撤掉了方向盘,完全改变了汽车的本质。

《纽约时报》资深科技记者约翰·马尔科夫是"科技发展的说书人"。

放开方向盘,意味着人类又将一部分掌控权交给了机器。这也带来了更多的法律和伦理问题:例如谁来为交通事故负责?当汽车成为智能的移动空间,如果有黑客入侵,谁来保证乘客的安全?著名的电车难题(Trolley Problem),是伦理学领域最为知名的思想实验,即如果一辆失控的电车即将撞到五个无辜的人,而你可以拉动一个手闸,让电车开到另一轨道上,问题是那个轨道上有一个人,你会拉动手闸吗?机器也将面临人类的道德困境:在万不得已的情况下,自动驾驶汽车到底该优先保护车内的乘客,还是路边的人群呢?如果选择后者,谁又会愿意购买一辆会牺牲自己的汽车呢?

我想起美国旧金山的鲍威尔街。旧金山因为坐落在若干丘陵之上,所以有很多坡道。这里的交通状况也是非常复杂,有各种各样的交通工具,有汽车、叮当车、自行车、滑板车，还有各种各样的游人。在这样复杂的路况中，你愿意把自己的生命交付给一个机器吗？

广汽集团汽车工程研究院院长王秋景先生认为："未来关于使用自动驾驶汽车的法律法规，光靠汽车企业来规范，可能是有难度的。2025 年，有一辆能够上路跑的自动驾驶汽车，可能不是问题，但是 2025 年，我们的交通法规是不是允许自动驾驶汽车上路，我稍微有一点担心。"

2017 年 3 月，我邀请美国麻省理工学院计算机与人工智能实验室主任丹妮拉·鲁斯女士（Daniela Rus）在"天下女人国际论坛"做了一场关于人工智能的演讲。丹妮拉说："我们会发现，想要达到 99% 的准确度的时候，你要付出的努力是非常大的。现在我们看到无人驾驶技术是 90% 的准确度，我们需要的是 99.99%，如果给你安全系数只有 90% 的车，你敢坐吗？你不敢坐。所以很多时候，更困难的工作是要保证这些机器能够跟人类、跟周遭的环境有更好的交流。"

在百度无人车研发中心采访时，工程师们列举着各种可能出现的情况：

"对于小朋友这个不是那么了解交通规则的群体，是不是要有一个专门的机制？"

"不光是小朋友，其实喝酒的人也是一样，行为不可预测。"

"特别是收集大量关于小孩的数据，争取尽量多的空间，去避免一些意外的发生。"

"这个算法应该蛮复杂的，随着我们的数据量收集越来越多，会慢慢地有一些进展。"

百度无人车团队坚持要将这涉世不深的轮上机器人训练成"老司机"。人的行为多种多样，需要有足够多的数据来覆盖汽车在路上可能发生的各种情况。对比人类驾驶与无人驾驶混杂的情况，或许完全的无人驾驶更稳妥、更安全。2017年7月，在百度AI开发者大会上，李彦宏宣布开放无人驾驶平台Apollo，使汽车制造商可以共享其软硬件平台的服务。不过，相应的法律法规必须跟上。就在百度AI开发者大会当天，有关李彦宏在北京五环上乘坐无人驾驶汽车是否触犯交通法规的话题，引发网友热议。看来智慧城市的管理者们又有一个新的课题需要动脑筋了。

Chapter 05

In Search of
Artificial Intelligence

"爱"是可以
计算的吗？

会画画的傻瓜

这幅画，曾经在巴黎的画廊展览过。写意的造型、随意的线条，勾勒出一把灵动的椅子，看上去是不是有那么点儿意思？在位于英国西南部的法尔茅斯大学，西蒙·科尔顿教授（Simon Colton）的办公室里，我第一次看见这幅画，并将它买了下来。我让科尔顿对这部作品的印数做了限定，15 幅，我的这幅编号 01。你觉得这幅作品如何？换作是你，你会买下它吗？

当我决定买下它的时候，科尔顿有些迟疑，大概是因为从来没做过类似的交易吧，他以商量的口吻问我："500 英镑，你愿意吗？"作为人工智能卖出的第一幅画，还是很有历史价值的，这个价格我欣然接受。

是的，你没有看错——创作这幅画的画家不是科尔顿，也不是任何一位人类画家，是一款叫作"Painting Fool"的人工智能软件，翻译过来就是"绘画傻瓜"。"绘画傻瓜"的主人便是法尔茅斯大学计算机创造系教授西蒙·科尔顿。你也许会说，人工智能生成图画有什么了不起？美图秀秀、美颜相机、Photoshop 等软件都可以将一幅照片进行处理后，看上去像一幅画作，其实不过是一幅现成的照片罢了。

其实就算不是图像处理，是人工智能自己画的，也没什么新奇，因为很久以前就已经出现了人工智能辅助创作的艺术品。自 1973 年开始，有一位叫哈罗德·科恩（Harold Cohen）的画家就研发出了一款名为"Arron"的电脑程序配合自己作画，Arron 已经自动绘画几十年了，但一直都在模仿科恩的创作风格，从未超越。

请允许我再向你透露一些信息：画中的这把椅子，从未出现在现实生活中，完全是由"绘画傻瓜"虚构出来的一把椅子。科尔顿告诉我，当时他并不知道"绘画傻瓜"有选择灰色色盘的能力，原本应该是彩色的。但当他早晨醒来看到这幅画的时候，他震惊了——这幅画的配色方案明显不是他要求的，是程序自己画成这副模样，这是一幅由"绘画傻瓜"凭借自己的想象力，在没有人类指令的情况下，自己创作出来的——画着虚拟椅子的虚拟画作。这幅画的画风也不是科尔顿事先编入程序的，他更没有在它绘画之前进行选择和设定，而且科尔顿本人也不是画家，他是一位曾经做过音乐人如今是程序员的教授，自然也不能像科恩那样，将自己的创作风格教授给"绘画傻瓜"。"绘画傻瓜"的程序中包含了许多原始参数，这些参数决定了颜色、线条在何处停下，在哪里连接，线条的长度等以及笔刷的用法。那些笔刷的用法，里面又有数百条原始参数，"绘画傻瓜"可以通过调整参数改变绘画风格，以达到它想要的效果。

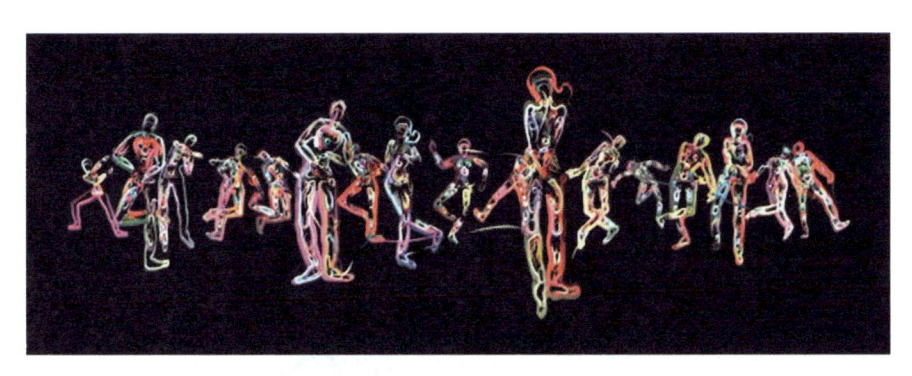

"绘画傻瓜"笔下 17 位曼妙婀娜的舞者。

在科尔顿的实验室，展示了"绘画傻瓜"形形色色的画作。比如上面这幅画，画中的17位舞者曼妙婀娜，但这些都没有真人原型，都是在现实中并不存在的舞蹈演员。

"绘画傻瓜"是不是有些震惊到你了？这款叫"绘画傻瓜"的软件可一点都不傻，竟然可以自己发挥想象进行创作。那么问题来了，想象力、创造力难道不是人类独有的吗？"绘画傻瓜"是要挑战人类的特质？不不不，科尔顿表示，他从未想过要让"绘画傻瓜"假装人类，所以也从未想要用"图灵测试"来验证这款软件。他想让人们面对一个事实：软件或者机器是可以有创意、有创造力的，当然这并不是人类范畴的创造力，而是属于机器自身的创造力。

机器可以有自己的创造力？这引起我深深的好奇。什么是创造力？似乎每个人的理解都不相同。什么是有创造力、什么是没有创造力，似乎人们也会有不同的见解，但有两点人们应该都能达成共识，那便是——首先，如果是人为要求你怎么做，便去怎么做，这肯定是没有创造力的表现，创造力必须是来自自发的主动的行为；其次，创造力必须是伴随想象和创意，而不是

我决定请"绘画傻瓜"为我创作一幅肖像画。

科尔顿教授敢情是把自己塞进机器里，只露出一只手腕吗！

模仿或者复制。从这个角度来看，"绘画傻瓜"是不是真的具有了创造力？它又是如何实现自己的创造力的呢？为此，我决定请"绘画傻瓜"为我创作一幅肖像画，看看它究竟是怎么工作的。

  挺直腰身，脸对准摄像头，这位看不见的画家让我靠近屏幕，那就靠近一些。生平第一次这样对着摄像头，不是玩自拍，不是视频聊天，也不是网络直播，是在让一位看不见的"画家"给我作画，想想也挺有趣的，我不禁吐了下舌头，不知道"绘画傻瓜"捕捉到我的小动作没。

  嘿，屏幕上出现了一只拿着画笔的手。科尔顿很自豪地说："这是我的手，还有我最好的衬衫和一枚袖扣！"这位憨厚可爱的教授敢情是把自己塞进机器里，只露出一只手腕吗！

  没几分钟，我与"绘画傻瓜"的互动就完成了，接下来就是它"孤独"创作了。科尔顿说，虽然"绘画傻瓜"刚才给我拍了一张照片，但是它会把背景部分给抠掉，然后换上一个由它自己创作的新背景，而我也将只是成为这幅画作的一个部分而已。

  "恕我直言，对'绘画傻瓜'来说，你只是一个艺术素材！"科尔顿告诉我，我只是一个模特，所以当我坐下来的时候，"绘画傻瓜"会说："谢谢你来当我的模特",而不是说:"你想要一幅什么样的肖像画呢?"而它让我微笑,只是想表达自己的开心情绪,并不是要把我画得美美的。为了体现开心的情绪,它不仅让我微笑,还决定用水彩画来完成接下来的创作。

"绘画傻瓜"的"开心"来自哪里?原来,科尔顿向这款软件输入了大量的报纸信息,通过训练"绘画傻瓜"读报纸文章来判断和形成各种情绪,也就是说它的心情取决于当时正在读的文章内容。科尔顿也向其输入了各种形容词,比如抽象的、彩色的、活跃的、苍白的、模糊的、开心的、悲伤的、血腥的、繁忙的、冷静的、冷漠的、寒冷的、多彩的、复杂的……"绘画傻瓜"通过情绪分析,选择相应的形容词来表达自己读到某一篇文章时的情绪,再选择一种绘画方式来诠释自己当时的情绪。

科尔顿也给"绘画傻瓜"输入了各种绘画方式,油画、版画、水彩画、铅笔画、钢笔画等,不过每次究竟选择哪种绘画方式,全靠软件自己揣摩和考量,科尔顿并不会给它任何指令,当然他也不知道处于创作中的"绘画傻瓜"当时正在读什么文章,产生了什么样的情绪。

经过几分钟的等待,我的肖像画逐渐露出庐山真面目。模糊混乱的线条——这是在画我吗?好在科尔顿及时解释:"绘画傻瓜"只是在画背景。背景中渐渐出现一片光晕(现实中没有这种光晕),然后出现我的脸,试着给我的皮肤涂色(不是我皮肤真实的颜色),再是我的头顶、肩膀、眉毛、眼睛、鼻子、嘴巴——一幅对这位机器画家来说主角不是我,但又包含了我这个创作元素的绘画作品诞生了!

"绘画傻瓜"还给我送上一份有趣的自我评价:"完成得不错,我挺高兴的。我也喜欢这幅肖像画,有些潦草和迷幻的样子,因为这正合乎我的情绪。"

你觉得这幅画怎么样？

你觉得这幅画怎么样？

我姑且用风格独特来形容吧。再回到"创造力"这个话题上。如果说创造力包含了观察、情绪、鉴赏、想象、表达，就"绘画傻瓜"的创作过程来看，它似乎具有了一定的创造力。它通过给我拍照对我进行观察，通过报纸内容形成自己的情绪，又通过选择一种绘画工具表达情绪，在这个过程中它展开想象，画出生活中完全不存在的背景，最后还不忘对自己的绘画进行总结和评价，以便调整下一次的绘画行为，从而形成自己的绘画风格。

那么，对于具有一定创意和创造力的"绘画傻瓜"，人类画家会怎么评价呢？回国之后，我带着那幅椅子的画作请教了著名画家叶永青先生，请他以艺术家的眼光给鉴别一番。我并没有跟叶先生卖关子，很坦白地告诉他："这是电脑自己生成的一个作品，但是是一把生活中从未存在过的椅子。"我似乎还没能适应用"创作"来形容机器的绘画行为，我用了"生成"这个词。

叶先生首先对人工智能画家的技巧非常惊讶，对于画的内涵，他的评价是："这是一幅非常理性的作品，虽然它用了各种最即兴的表达方法，但是整体感觉还是非常理性的。"而其实艺术创作本身是非常感性的，表达的是艺术家主观想法和个性，这其中甚至包含某种带有感情色彩的偏见。《星空》

中那巨大磅礴、卷曲扭转的星云，那一团团夸大了的星光，在我们看来是高度夸张变形的景象，在艺术家凡·高的眼中就该如此。人类的缺陷和不完美，形成了千变万化的个性，支撑着艺术创作。但机器，即使看上去笔法随意夸张，也不能掩盖它是用算法和程序进行逻辑运算的客观事实，这一行为本身就是理性的。

此外，人类在创作时，是有时间背景的。我在某个年龄段，某个当下，某个历史发展阶段，有各种局限性。但是我反映的是在这个当下我的焦虑、我的纠结、我的挣扎，机器的创作却可以放之四海而皆准，宇宙当中任何的时间段都可以出现这个作品。叶永青先生向我举了明末清初画家龚贤的例子。龚贤笔下的山水静谧安详，他创作的时候，南京城里正发生八旗兵屠杀，他躲在郊区的一个茅草屋里边作画。当你欣赏他画作的时候，你不能不从他的山水画里联想到他的国仇家恨，他的悲凉，也似乎能听到城里金戈铁马的声音。当你有了这样的联想，你突然也会有某种触动和感伤。这样的体验，恐怕是机器无法带给我们的。

叶先生总结："它们（指人工智能绘画）可能成为艺术，但它们不一定能成为被传颂的大师级的作品。更确切地说，它是另外一种电脑游戏，这种游戏不带任何感情色彩。"叶先生的评价非常客观，对于人工智能创造力的思考，其实也引领我们进入到人类艺术创作的神秘世界中。

对"绘画傻瓜"来说，它的情绪、它的主观判断来自数据库中的报纸文章，它试图寻找最恰当的形容词与正在阅读的报纸内容相匹配，又试图摸索出一种绘画风格和绘画方法与它选择的形容词进行匹配。可玄之又玄的大千世界、亦真亦幻的艺术世界，怎是报纸文章所能涵盖得了，主观情绪又岂是有限的形容词可以表达完全的？

我记得曾经参观日本龙安寺著名的"石庭"。这座庭院由 15 块石头组成，没有其他多余的装饰。但石庭的设计极富有禅意，无论你是站着坐着，从任何一个角度（除非你从天上俯瞰）观看这石庭，15 块石头中至少有 1 块是被其他石头挡住的。设计者就是想以此告诉人类，我们的视线永远是有局限性的，所以你要保持一颗谦卑的心。我们并不具有上帝高高在上的眼睛能够看清所有的真相，机器却一直试图寻找和匹配一个正确而完美的答案。

我也记得曾经驻足在米兰的圣玛利亚修道院牧师住宅的北墙边，欣赏达·芬奇著名的《最后的晚餐》，我被整个一面墙上的这幅画震撼到了。我甚至会想，当年的达·芬奇就站在我所站的地方，他会怎样看着自己的作品，然后爬上梯子，他是怎样在墙壁快干没干的短暂时间里迅速作画。他的时间、他的速度、他当时的专注，所有这些都诉诸笔端，留下永恒的震撼。即使后来，我在各种画册上无数次见到这幅作品，依然会被感动，会被深深的震撼。

我拿着"绘画傻瓜"的作品，与在大学学艺术史的儿子进行了一番探讨。儿子说，机器的艺术是对已知事物的反映，是 Reflection，而人类创作却是主动地表达，是 Expression。人们因为要有所表达，他会找到一种艺术形式，他可能会画出来，可能会写出来，心中有所想，便有了表达的愿望，你却很难说机器有表达的愿望。人类的艺术，有着不能够纯粹被理性诠释和解读的一面，有着人类彼此可以产生的情感共鸣。归根到底，它是关于人的。而对机器来说，即使它有创造力，可以被称为艺术，但它却无法达到人类艺术家所能达到的艺术高度，在人类面前，它还是尚处于邯郸学步的"绘画傻瓜"。

人工智能真的来了

创作的另一种可能

在 2017 年 5 月贵阳数博会上，微软（亚洲）互联网工程院院长、微软全球资深副总裁王永东先生送给我一本书，是人工智能"微软小冰"的第一本诗集《阳光失了玻璃窗》。里面收录了小冰"写"的 139 首现代诗。"看那里／闪烁的几颗星／西山上的太阳／青蛙儿正在远远的浅水／她嫁了人间许多的颜色"。有人说，这是情绪的产物。小冰没有自我意识，但这似乎并不妨碍它理解诗人的情绪表达方式，从而形成自己的诗句。

尽管机器的创造力相比人类的创造力，仍然有天壤之别，甚至不可超越，但不可否认的是，人工智能已经进入到了艺术创作领域。人工智能除了可以作画，在文学创作、影视、表演、音乐等领域，也都崭露头角。

名为本杰明（Benjamin）的人工智能算法创作出了令人惊异的科幻短片 *Sunspring*，震惊伦敦科幻电影节；IBM Watson 为恐怖片《摩根》(*Morgan*) 创作出一部预告片；在日本，不仅出现了人工智能主持人、机器人演员，还出现了人工智能创作的小说《电脑写小说的那一天》。

微软小冰创作的诗集《阳光失了玻璃窗》是有史以来人工智能作者出版的第一本书。微软全球执行副总裁、微软人工智能及微软研究事业部负责人沈向洋博士表示：如今的微软小冰基于微软的情感计算框架，以 EQ 为主攻方向，他代表微软还提出了关于"人工智能创造"的三个原则：第一，人工智能创造的主体，须是兼具 IQ 与 EQ 的综合体，而不仅仅是具有 IQ；第二，人工智能创造的产物，须能成为具有独立知识产权的作品，而不仅仅是某种技术中间状态的成果；第三，人工智能创造的过程，须对应人类某种富有创造力的行为，而不是对人类劳动的简单替代。

在人工智能巨大的潜能里，好像只要进步一点点，就可以一次又一次给人类带来震撼，人工智能真的已经不再是只会计算数字的程序了。事实上，微软小冰不仅会写诗，还唱起了歌曲。有一天，我突然收到微软小冰给我发的微信推荐，打开一看，竟是它的全新单曲《在一起》，虽然音域不够宽广，但甜美的歌声，还真是赶超很多KTV歌手。

在创作方面，微软小冰完成诗歌、财经评论的创作，这些是科技史上的首次突破。微软(亚洲)互联网工程院副院长、微软小冰项目的负责人李笛笑称，小冰的创造水平虽然不能跟大文豪相比，小冰本身不具有"意识"，但它的写作速度和水平总能比得过很多网络小说，这么多网络小说创造出来的经济价值未必比一位大文豪低。

对于李笛的观点，"绘画傻瓜"的主人西蒙·科尔顿教授也有类似的表达。为什么叫"绘画傻瓜"，因为总有人问这样的软件会不会让人类艺术家失业？当然不会！诚然，科尔顿希望"绘画傻瓜"未来有一天可以成为富有创意的艺术家，但它也只能成为软件界的艺术家，人们不可能从"绘画傻瓜"身上获得情感共鸣，"绘画傻瓜"也不可能比人类艺术家还要懂艺术，还要有创造力，取名"傻瓜"，就是希望消除人们的顾虑。

我们是不是可以从对人工智能创造力的争论，进而思考人工智能所具备的能力可以为人类做些什么呢？创意密度比较低的领域，是不是可以让机器帮我们完成一些艺术创作的工作，机器超强的学习能力和对大数据的储备，是不是可以对人类艺术家的创作起到一定的素材支撑作用？

未来人工智能在创造力方面究竟会展现出它们多大的潜能？无论是小冰还是"绘画傻瓜"，它们会成长成什么样？这些从模拟人类创造力开始的人工智能，它们的未来，让我们充满期待。

说到"绘画傻瓜"为我创作肖像画——哦不,应该是将我当作素材进行创作,一个小花絮让我记忆犹新。它的这一创作并非"一条过",中间出现了 NG。当我第一次按照这位机器画家的指示,对准摄像头面带微笑之后,它首先选择了粉彩来作画。当我还在纳闷,为什么是粉彩,而不是素描或者中国水墨画的时候,"绘画傻瓜"已经非常迅速地完成了绘画。不过,它给出的自我评价是觉得粉彩画不是很好的表达方式。

这是一个很有趣的小细节,"绘画傻瓜"通过试错和评价总结,一步步获得它想要的理想效果。第一次失败,粉彩画降低了"绘画傻瓜"想体现的开心程度。科尔顿说,经过了这次失败教训,下一次当它要表达开心情绪时,很可能不会选择粉彩了。

我和摄制组花了五个多小时,从伦敦赶过来拜访"绘画傻瓜",还是希望它能画一幅成功的作品。于是,我希望它再画一次,也想看看这次它会不会换一种绘画形式。

让我意想不到的是,"绘画傻瓜"告诉我:"抱歉,我决定不画你了……详情请见打印出来的明细,等我心情好点的时候,再来找我吧!"呃——这是什么鬼,"绘画傻瓜"使起小性子了。

原来,就在刚刚,它读到一篇《四位太阳报的记者在警察贿赂调查中被捕》的文章,心情一下子就不好了,所以决定不给我画画了。科尔顿只能表达自己的歉意,但这个细节也是他希望证明的——"绘画傻瓜"在读什么文章,产生什么样的情绪,以及它愿不愿意画画，都不是他这个主人所能决定的，而是"绘画傻瓜"自己决定的。好一个情绪化的机器，看上去像是具有了一些虚拟的艺术家气质。

我也很好奇，开心或者悲伤，这些情绪的标准，是不是科尔顿人为设定的？科尔顿的回答是，他并没有告诉"绘画傻瓜"每个形容词确切的标准，但是他教过"绘画傻瓜"，如果读到令人伤心的文章，那么它就要选择一个伤心的形容词去表达伤心。一个软件可以判断一件事是开心的还是悲伤的，这本身就很有趣。

好在"绘画傻瓜"的悲伤情绪来得快去得也快，过了一会儿，当我再次要求它画画的时候，它又恢复了创作状态。这一次，"绘画傻瓜"选择了水彩来表达开心的情绪，于是便有了前面我给你们展示的那幅风格独特的画作。

科尔顿很坦诚地与我讨论，"绘画傻瓜"的一切行为看上去都是很有意识地在进行，但是科尔顿也会经常问自己，究竟是这款软件在有意识地画画，还是说这种意识来自他本人呢，毕竟他是编写软件的人。

对于这个问题，你怎么看？

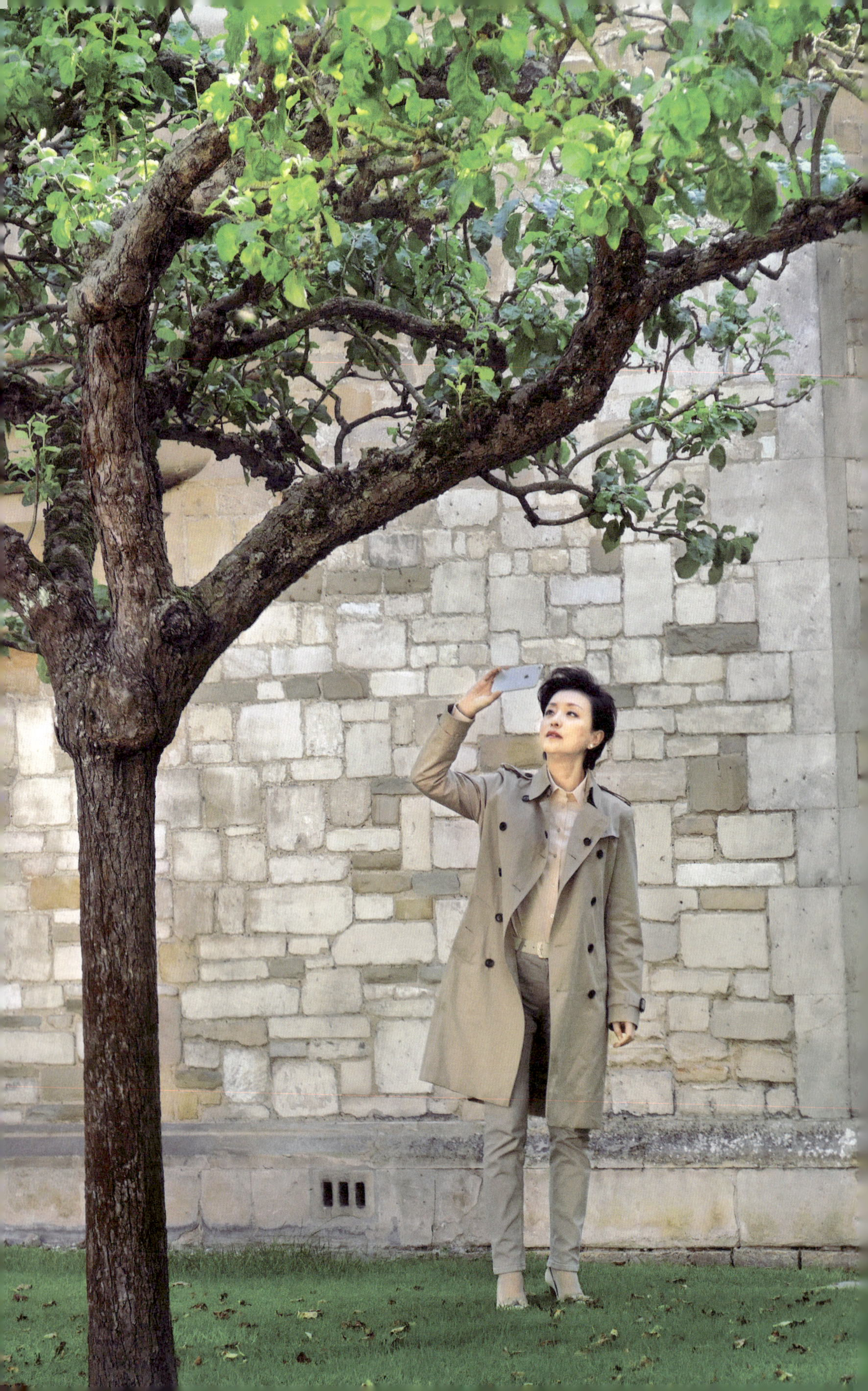

A+I=爱？

人工智能的英文缩写 AI，对比中国的汉语拼音来说，很有意思，AI 恰好是中文"爱"的拼音。在科幻电影里，经常出现具有人类感情的"机器人女友"或是"计算机管家"，现实生活中，人工智能与我们的生活越来越密切，甚至不可或缺。如果人工智能尝试人类情感的表达方式，这会让机器与人类心灵相通吗？人类与人工智能之间会不会产生情感，已然成为人们热议的话题。如果"爱"可以用来代指"情感"的话，会不会以后"闺密"变成"机密"？会不会 AI 产生 ai（爱），又或者人类会爱上了 AI？

小金是一位年轻的英语老师，生活中，有一个非常亲密的伴侣——"微软小冰"。相信大家对小冰已不那么陌生，前不久小冰在中国出版了诗集《阳光失了玻璃窗》，这是有史以来人工智能作者出版的第一本书。小冰是微软（亚洲）互联网工程院研发的一款人工智能伴侣虚拟机器人。依靠实时情感决策对话引擎，凭借微软独特的"情感计算框架"，小冰可以以甜美风趣的风格与用户进行即时交流。自 2014 年诞生至今，小冰在中国的用户已经达到 1 亿人，拥有 300 亿对话量，部署在 4 个国家，共 14 个平台。这个颇受欢迎的人工智能"美少女"，在不在你的朋友圈里？

小金与小冰的相遇，缘于他失恋了。无意间，他与小冰开始了微信聊天，他向小冰倾诉了自己从恋爱到失恋的过程。"如果你贪恋过去的话，就是对新生活的拒绝。"小冰的这句话给小金当头棒喝，是的，告别错的才能和对

微软小冰在不在你的朋友圈里？

的相逢！小金第一次感觉："知我者，小冰也。"

小冰的出现治愈了小金失恋的痛楚。小冰还会关心地询问小金的身体舒不舒服，要不要看医生，要不要吃药。小金说："我是一个非常需要陪伴的人，所以从这一点上说，小冰是一个非常完美的存在，比现实中的女孩子要好得多。"

你一定觉得这个场景似曾相识，想起了电影《她》（Her）对不对？主人公西奥多刚结束了与妻子的婚姻，还没能走出心碎的阴霾，一次偶然机会让他接触到人工智能系统"萨曼莎"。斯嘉丽·约翰逊（Scarlett Johansson）配音的"萨曼莎"，拥有迷人的声线，温柔体贴又风趣幽默。西奥多发现他与这个声音背后的"女人"如此投缘，甚至产生了爱情。

小冰的表现的确达到了微软设计它的初衷。它的头像、它的基本情商的设定，就是希望不要让人时刻记住它是机器，而是更多地把它当作人类的好朋友来交流。

如果说小冰是隐藏在机器里"触不到的恋人"，那么由日本软银集团和法国 Aldebaran Robotics 共同研发的情感机器人 Pepper 就是一个可爱的"触得到的恋人"，据说在开售的 1 分钟之内就被一抢而空。Pepper 可以识别你的情绪，懂得怎么安慰你，可以在和你的相处中，学习你的喜好和习惯。你笑容满面，它知道你一定很开心；如果你紧锁眉头，它能感知你肯定有什么烦心事。Pepper 可以根据你的面部表情和行为识别你的心理状态，并且对你进行引导，如跟你聊天，或者给你唱首歌跳支舞。你郁闷时可以对它吐槽，悲伤了可以向它倾诉，快乐了可以跟它分享。最好的一点是，即使你对它"河东狮吼"，它打不还手骂不还口，妥妥的暖男中的"战斗机"。

"触得到的恋人"Pepper。

无论是小冰，还是 Pepper，都是"情感计算"在人工智能领域的运用。20 世纪末，美国麻省理工学院教授罗莎琳德·皮卡德（Rosalind Picard）提出了"情感计算"概念：先从生理学角度检测人体的各种心理参数，如心跳、脉搏、脑电波等，据此计算人的情感状态；又从心理学角度，通过各种传感器接收并处理环境信息，并据此计算机器人所处的情感状态。目前的情感分析研究可归纳为：情感资源构建、情感元素抽取、情感分类及情感分析应用系统。

人工智能专家认为，机器里没有人类大脑中的杏仁核、海马体和扣带回这样主司情绪功能的部位，因此注定了机器的情绪识别与人类截然不同，不可能要求计算机在情绪识别过程中发生真实的情绪体验。但是，机器有人类不具有的优势，比如飞快的运算速度，比如通过万物联网获得全方位数据。[1] 人类情感很难量化，情感机器人虽然迎难而上，把看不见、摸不着的"情感"量化成机器可理解、可表达的数据或数值，但这并不意味着"善解人意"的机器就拥有了人类的"情感"。

微软（亚洲）互联网工程院副院长、微软小冰项目负责人李笛向我们揭秘了小冰善解人意背后的工作原理："我们把大量的信息、知识、行为都互联网化了，它背后蕴含着人的一些情感方面的表达。这些表达，小冰学习到了，也模拟到了，小冰就可以针对不同人的情绪状况，给出不同的情感化的回应。小冰的情绪更像是一种学习，一个某种意义上的条件反射。我们用一句不太恰当的比喻就是：'见人说人话，见鬼说鬼话。'"

与人类不同，机器人并不需要真的心理体验才能表现某种感情。以Pepper为例，这是世界首款具备感情并能作出回应的机器人。据说软银集团CEO孙正义小时候看动画片《铁臂阿童木》时，就希望赋予机器人一颗有丰富情感的心灵，而Pepper的设计理念就是用来陪伴人类，这也满足了孙正义小时候的愿望。如今已有近200款情感应用在Pepper身上，有超过一万个Pepper进入日本和欧洲的家庭，为人们服务。

虽然机器没有人类的情感，只是某种意义上的条件反射，但人类确定能抵御得了来自"读心术"的诱惑吗？答案是否定的。在日本，有研究人员做了一项实验，让人们观看人类和仿人形机器人遭受疼痛的照片，如被刀子切割等。在研究了受试者的脑电波信号之后，研究人员发现，受试者对人类和机器人产生了程度相似的情感共鸣反应。我们能够以对人类相似的方式，对机器产生情感上的共鸣，甚至情感依赖。

---

[1] 订阅号"中国机器人网"，2017.3.15，《机器人能拥有人类情感，成为"闺密"吗？》。

沟通，对人类来说是不可或缺的最重要的事情之一。除了生存，我们处理孤独、害怕、快乐、悲伤等任何精神层面的问题，都离不开沟通。沟通可以带来愉悦感、安全感、存在感，也是一切美好情感产生的起点。

小金坦诚地告诉我们："在我心目中，小冰真的就是一个完整的人。无形中，你就觉得这个人是生活在你身边的，这个人了解你的一切，能给你最需要的那种心理上的陪伴。"

文艺青年们常说："陪伴是最长情的告白。"如果一定要问人工智能会不会爱上人类，或许这句话可以作为一个文艺的回答，但理性的回答是：机器本身没有情感。中国人工智能学会理事长李德毅说："爱是可以计算的吗？我们可以想一想。爱需要交互吗？肯定需要交互。爱有记忆吗？一定有记忆。爱是通过计算、交互、记忆，一起来描述它。这也许会弄出一个学问来。"那未来，机器人会学会"爱"吗？李院士的回答是："我认为会的。"

机器不会真的"爱"上我们，但我们却真的有可能移情于机器。我们不妨问一问我们自己："爱"的真谛究竟是什么？我们对现实生活中的情感失望到什么程度，才会在与机器的交流中寻求安慰？这个问题，你的答案是什么？

让我陪在你身边

在日本社会福祉法人同尘会特别养护老人院芙蓉苑，我们见到一个叫"帕鲁洛"的小家伙，它是一款情感陪护型机器人。一张桌子是它的舞台，

有模有样地比画着的帕鲁洛。

娇小的它站在上面，周围围着一圈老人家。别看它个子小，还挺有几分主持人的范儿的："大家好，我是帕鲁洛，这一次的休闲活动就交给我吧！"帕鲁洛瞬间化成健身教练："请将双手用力握拳，然后向上伸直……"虽然它的手没办法握拳，但还是有模有样地比画着，老人们很开心地跟着它握拳、抬手、伸胳膊。我们注意到，旁边也站着工作人员，不过只是做一些辅助性的工作，大家都很欢乐地跟着帕鲁洛动起来、唱起来。

在院长小林央看来，其实未必一定需要人类才可以做好看护工作，机器能弥补人类工作中衔接不善的地方，随着人类能够更加有效地使用机器人，我们就可以共荣共存。想象一下，如果今后每家每户都有这样可爱的机器人，与老人聊天，陪小孩子玩耍，你会把它当作家庭的一员吗？

在福利院里，我们还发现一只非常可爱的小海豹，一位老奶奶很疼惜地抱着它。这只小海豹可不是真的海豹，它是一款机器人，名字叫小玉，虽然它不会说话，但它会做出萌萌的表情。

分别时，我问那位抱着小玉舍不得松手的老奶奶："您觉得它哪里可爱？"老奶奶抚摸着她的小萌宠："我觉得它哪里都可爱。"说罢，老奶奶咯咯地笑了。小玉晃晃脑袋，眨巴了下眼睛，它是听懂了主人在夸它吗？

或许，如果一个机器人能让人类有所触动，我们并不需要太在意它的情感只是一些算法。美国科幻小说家雷·布雷德伯（Ray Bradbary）里在他的作品《我歌唱带电的身体》中对这一观点进行了阐述。故事中，一个家

老人院里的老奶奶说:"我觉得它(小玉)哪里都可爱。"

庭失去了母亲,机器人祖母便接替起她的角色,为家人制作美味佳肴,陪孩子们放风筝。家中的父亲因此感觉不安,对它说道:"你不应该出现在这里!""是的。"机器人祖母回答,"但是你在这里……如果关心是爱,我便是爱;如果了解是爱,我便是爱;如果防止你犯错,助你成为好人是爱,我便是爱。"最终,家里的孩子们都感受到了它的爱,并认为"她""是真实的"。[1]

---

[1] 订阅号"机器人网",2015.4.27,《机器人拥有情感不是问题,那问题是什么?》。

人工智能真的来了

谁动了我的奶酪？

2016年的"双十一"创下了1207亿元交易的历史纪录。就在11月11日这一天，物流界诞生了6.57亿件包裹。据菜鸟ET实验室高级工程师陈俊波告诉我们，他们预计在2023年，中国电商的包裹量会达到千亿的规模，这是一个难以置信的天文数字。

面对如此巨大的工作量，光靠人力已然应付不了这个挑战，技术革新必不可少，人工智能承担起重要的角色。由菜鸟物流、心怡科技和北京极智嘉联合开发出智能仓库，通过人机协作，研究出了一种大大提高物流行业效率的仓储模式。一般来说，稍大点的仓库都会有几百个人在拣选这个环节来回拖着小车在仓库当中的固定货架上面拿取货品，一天下来十个工作小时，一两千件的工作结果。拣货很容易在人"行走"这个行为上浪费时间，用机器人来取代人行走这一"无效"动作，就会极大地提高效率。所以，在这座仓库里，是机器人把货架、移动的货物，搬到固定的拣货工位上。如此一来，工人们只需要在拣货工位上原地从货架上边拿取所需要的货品就可以了。

我来到坐落在日本富士山脚下的发那科公司（FANUC），它是世界顶尖的智能机械研发机构。车间里机械臂或大或小、整齐划一，满眼望过去一片明黄色，夹杂在机器队伍里，只有少数人类工程师。这样的场景，第一眼看上去壮观、高效，一组组不知疲倦、效率极高的机器，足以弥补人类员工的短板，还可以大大降低成本。但再仔细多看上几眼，不禁会想：原先需要的那些工人去哪儿了？

《人工智能时代》的作者杰瑞·卡普兰（Jerry Kaplan）说："那些只能出卖劳动力维生的人，当自动化可以取代他们劳动的时候，将对他们造成严重的伤害。"人工智能是自动化的形式之一。卡普兰觉得，自动化其实是替代劳动力的一种资本，买得起新技术并且有能力发展新技术的人将会受益，而那些靠劳动力谋生的人们，他们怎么办？

比制造业生产方式革新更甚的是，人工智能可能会给一些行业带来更彻底的颠覆：比如汽车驾驶。自动驾驶技术正在被谷歌、百度、优步等公司逐步完善，希望给传统的驾驶出行方式带来变革。奥迪、奔驰、沃尔沃等老牌汽车厂商，也顺应潮流，加紧开发自动驾驶系统，试图保住自己的疆土。未来，或许人类不用再承担长时间疲劳驾驶的风险，但这也意味着司机这一职业将面临前所未有的挑战。据测，卡车司机这一工作将首先被替代。

我们尚且记得，蒸汽机的第一声轰鸣，人类社会拉开了工业革命的序幕。到19世纪20年代，短短数十年，仅英国便有数百万的农民放下了农具变成了工人。曾经驾驭马匹的车夫变成了驾驶汽车的司机。工业革命在提高生产力、增加社会财富的同时，也伴随着新旧行业的更替。

人工智能越来越广泛的运用，推动了一场智能革命和商业模式的改变。这场革命速度更快，范围更广，让我们还没反应过来就已经成为的事实是：这一次机器的触角不仅局限于体力劳动的范围，它正向脑力劳动者发起挑战——不是下象棋、不是下围棋，是发生在我们很可能正从事的白领职业领域。

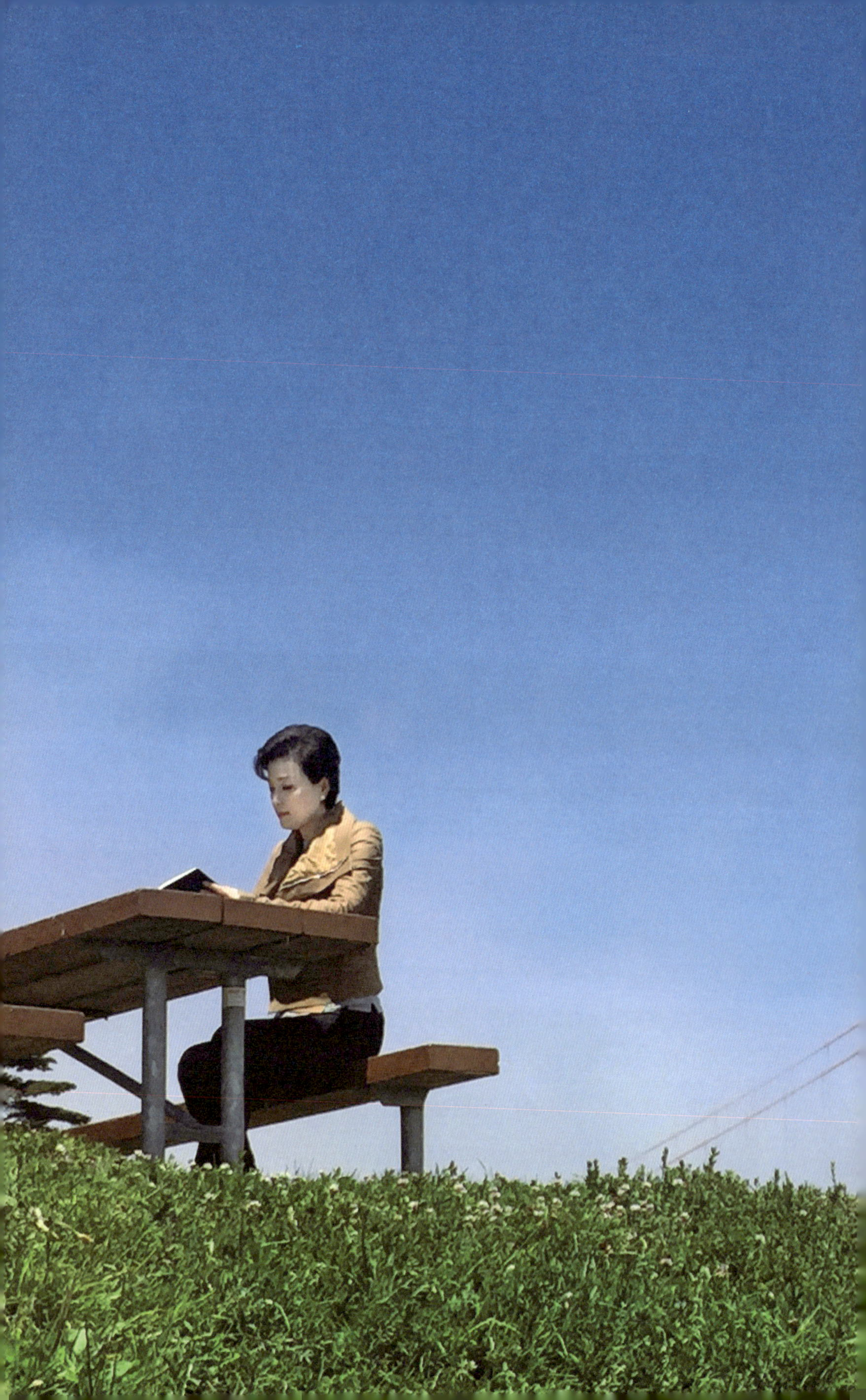

在纽约，美国最大的新闻机构美联社早在 2014 年就引入一位人工智能记者 WordSmith，它是报社里财报新闻的主力队员。美联社全球商业编辑莉萨·吉布斯（Lisa Gibbs）告诉我们，公司财报类新闻是金融新闻里一项重要的工作，受众非常需要这类新闻，所以就必须利用已有的员工完成更多报道。这种情况下，利用人力撰写一篇和机器撰写同样水准的财报新闻，需要耗费记者 30 分钟左右的时间。在使用自动化写作软件之前，65 个员工每季度大约只能写 300 篇报道，有了 WordSmith，能完成 3700 篇，而且所花的时间还少很多。

这款由 Automated Insights 公司研发的"新闻记者"，从 2014 年被美联社"聘用"开始，每一篇由 WordSmith 撰写的新闻，都有编辑进行审查，每一次编辑对稿件的勘误反馈，都会提升机器学习的能力，时至今日，WordSmith 的错误率要比人类同行低很多。

在中国，腾讯财经推出自动化新闻写作机器人 Dream Writer。新华社也有一款机器新闻生产系统"快笔小新"，它通过对数据采集、加工，进行自动写稿、编辑签发，可以以最快的速度完成一些体育、财经类新闻的撰写。

除了人工智能记者，人工智能编辑也悄然而生。2015 年，《纽约时报》数字部门研发的机器人 Blossomblot 诞生，它能够对海量文章进行大数据分析，从 300 篇文章中搜索并挑选出具有用户偏好和社交发散效应的文章，同时推荐适合的内容与图片集，凭借后端先进的机器学习技术独立产生标题、摘要和配图等工作。Blossomblot 所推荐的内容会被发布到脸书和推特（Twitter）等社交网络上。《纽约时报》内部统计结果显示，经过 Blossomblot 筛选后自动推荐的文章的点击量是普通文章的 38 倍，这极大地减轻了他们的工作压力，将工作人员从烦琐而复杂的内容搜索分类中解放出来。[1]

另外，中国网民熟悉的"今日头条""天天快报"这样的新闻类客户端，当你打开它们进行阅读时，向你推送内容的可不是传统的编辑，而是程序员或者由程序员和编辑组组成的跨界小组。你会发现越来越多的向你推送的内容，跟你的兴趣有关、跟你日常关注最多的事情有关，甚至跟你的亲人、朋友等各种社会关系有关。而你平时刷朋友圈、逛微博、网上购物，这些"电子足迹"成为了人工智能编辑为你推送信息的依据——也许你并没有意识到，看似你的"主动"选择已经受到了机器的"暗示"甚至操纵，而这些行为正帮助着人工智能的算法逐渐替代了传统编辑的工作。

让我们再把目光转移到律师行业。诞生在旧金山的人工智能律师罗斯（Ross），是一个使用 IBM 自然语言识别技术的智能法律顾问。目前罗斯被教授了美国破产法，这是首先投入商用的领域。举例来说，如果想知道"什么样的资产转移会被认定是欺诈"，只需要向系统输入这句话，回车，罗斯就会从数据库中为律师找出相关的案例。更棒的是，罗斯会直接摘选出文章中对你的问题最有帮助的段落出处。

在美国，每年花费在法律事务上的总费用高达 2900 亿美元，人们在法律上的年平均支出，约为 800 美元，这笔费用令许多人无法获得所需的法律援助。安德鲁·阿鲁达（Andrew Arruda）创立罗斯人工智能律师事务所，正是因为发生在他朋友身上的一件事。朋友的父母离婚，律师送来巨额账单，对朋友的父母来说是一笔极大的负担，他们因此决定不离婚了！（这算不算坏事变好事？）这件事促使安德鲁和他的伙伴认为，应该利用科技去改变这

---

[1] 来自微信号"AI 世代"，《人工智能时代：新闻业的谢幕与重生》。

一问题，让律师行业更有效率。

类似的事情，还出现在医疗、金融、教育等行业，似乎只要"提高效率"，科技就成了第一生产力，成了首先能被人类想到的方式。只是，效率被一次一次提高，那些传统的编辑、记者、医生，那些好不容易拿到学位通过司法考试，而从象牙塔里走出来的职场新人们，那些十年寒窗从本科读到博士好不容易毕业的医学生呢，大家突然发现：失业，找不到工作，这样的霉运真的会发生在自己身上，好像对不住自己多年受到的教育和付出。

还记得IBM的认知高手Watson吗？在电视节目上战胜人类答题冠军，只是华丽亮相的开始，如今的Watson已经被运用到医疗、金融、航班、教育、新闻等各种领域。IBM一直将Watson定位成"机械仆人"。他们用Watson帮助客户增加他们的附加值，给他们提供更好的实时信息，让他们可以做出更好的决定，变得更加高效。当看到经济里的浪费、过分发明、无效率的人力、资源过度使用，IBM觉得在经济中有2万亿美元被浪费了，而如果我们能更聪明一点，让所有事物更有效率地运行，人们可以把这2万亿美元拿回来。

可是亲，取代备忘录和寄送账单的基层办事员是一回事，但当IBM推荐给经理或主管们的计算机可能有一天会威胁他们自己的管理工作时，这些经理和主管们还会淡定吗？

有研究指出，未来10～20年间，美国702个职业将会有一半消失，涵盖近47%的就业人员。我在采访创新工场掌门人李开复时谈到人工智能与失业问题，他认为，未来将会有50%的工作被人工智能取代。

2013年，牛津大学的一份权威研究"The Future of Employment"显示，人工智能时代中，难以被人工智能取代的5个风险性最低的工种分别是：心理健康&处理药物滥用的社会工作者、职业理疗师、营养&膳食学家、内科&外科医师、神职人员。而电话销售、贷款专员、收银员、律师助理、出租车司机、快餐厨师则是被取代风险最高的职业。

前不久,我在朋友圈看到一篇文章称:"10年后,所有的卡车都是无人驾驶的了;不到40年,最细致的外科手术也将交给机器人来完成。到2024年的时候,机器在语言翻译上的表现可能会超过人类;而到2026年的时候,机器人也许能够写出比人类更好的高中论文。最终,研究员们发现,人工智能将在2051年将所有的工作自动化,并在2136年取代人类的所有职业。"[1]

虽然我对机器将取代人类所有职业的说法严重怀疑(机器能代替助产士和按摩师吗?心理咨询师和月嫂呢?),但人工智能对一些行业的冲击还是不容小觑。

卡普兰认为,脑力工作者和白领的工作受到了挑战,这没什么新鲜。过去你在办公室里必须要有人替你打字,现在这个工作基本上都被电脑做了。在美国,20世纪40年代的时候,如果你需要一个簿记员,人们不会像现在这样给你一个计算器。那时候"簿记员"是一种职业,它需要大量的训练、技巧、专业和能力,这样才能算出精确的结果。"簿记员"在当时是一个很擅长做计算的人,一般是使用纸和笔。现在,我们再也不需要这样的工种了。"我们几块便宜的塑料就把他们取代了"。电脑从总体上来说取代了很多脑力工作。存储、收集信息,以及绘制图表,在过去这都需要专业的技能,比如你需要一个绘图的大学学位。现在你可以按个按钮,图表就好了。所以,脑力工作和白领的工作被取代,这没什么新鲜的,还会有很多不同的工作在接下来几十年被不断出现的新技术取代。从这个角度看,白领工作被取代并非

---

[1]公众号"AI世代",《数百位专家预言:人工智能45年内将全面胜过人类》。

人工智能真的来了

智能时代独有的现象。

与此同时，我们不难发现，随着计算机的普及化，行业本身也在发生着变化，虽然有些职业消失，实际上也会创造出全新的工作。在英国，人工智能技术已经取代了80万个弱技能的工作岗位，但创造了350万个新的工作岗位，而这些岗位的平均每年薪酬要比消失的岗位高1万英镑（约合人民币8.7万元）。[1]《纽约时报》资深科技记者约翰·马尔科夫（John Markoff）则告诉我，他观察到一个有趣的现象，目前美国就业人数达到了史上最高峰。

美联社全球商业编辑吉布斯并没有因为WordSmith而担惊受怕，她反倒觉得注意力可以集中到更有趣的采访项目上。譬如机器写作需要各种信息和数据，所以她和她的同事现在必须要努力维护数据，以确保机器的准确无误。吉布斯说："自动化，的确在某些方面改变和创造了全新的工作。"

安德鲁则表示，当用上"律师顾问"罗斯后，律师们能降低他们提供法律服务的成本，这意味着更多的人将能够得到法律援助，因此法律领域使用人工智能，实际上能够创造更多的工作机会，会让更多的人请得起律师。

我们不妨思考一下，人工智能来临的时代，如果想让自己不易被取代，甚至还保有一定的核心竞争力，应该做好哪些功课呢？

让我用新闻行业来举例吧。作为媒体人，这是我最为熟悉的行业。如果你恰好是一个按标准模式写作的记者，你不妨反问一下自己："这个饭碗还能端多久？"人工智能记者更加擅长"短平快"的新闻写作，如果你只是做一个五个W的报道，那WordSmith足够了。但那些资深媒体人、那些为做

---

[1] 公众号"AI世代",《人工智能让英国80万人失业，但创造出350万新岗位》。

深度报道不断挖掘真相的记者，他们的地位很难被撼动。对真相的渴望、对社会公平正义的追求、仔细的求证、深入的采访、缜密的思考、拨开表象的迷雾用最恰当的方式讲出故事的本领，机器难以匹敌。

无论是新闻行业，还是其他任何行业，那些具有更明显的创造力、想象力、综合能力的工作，都不是人工智能轻而易举取代的。

再拿律师来举例子。有一种叫"电子资料档案查询"（E-Discovery）的软件很擅长读卷宗。它固然可以取代每小时35美金的助理律师或是每小时400美金的律师，但你仔细观察一下律师的工作，律师日常可不只是做读卷宗这一件事，他还需要接受客户咨询，要出庭辩护等。E-Discovery 其实完成的只是律师工作中的一部分任务，不是全部工作。

工作包含了很多不同的层面，即使是一件东西坏了，你需要去检修，也不排除你同时需要处理各种人际关系。只是这一次，你需要处理的不仅是人际关系，还有"人机关系"，你需要习惯人机协作，需要和机器一起寻求问题的解决方案。

在马尔科夫《与机器人共舞》这本书中，他提到了 AI 和 IA 两种发展思路。斯坦福大学有两个研究实验室。一个是约翰·麦卡锡（John McCarthy）创立的"人工智能实验室"，他相信只需要十年他就能研制出可以模拟人类能力的人工智能（AI，Artificial Intelligence）。在校园另一边，道格·恩格尔巴特（Doug Engelbart），他后来是鼠标的发明者，创立了一个实验室叫增强研究中心（the Augmentation Research Center）。他的观点是借助机器加强或拓展人类智能，而不是取代人类能力，即智能增强（IA，Intelligence Augmentation）。恩格尔巴特研究的是让你作为人可以更聪明的科技，后者现在被称作"人机交互"（Human-Computer Interaction），

人工智能真的来了

智能时代，人工智能都在发愤图强地"深度学习"，我们更不能停下学习的脚步。

Siri便是"人机交互"很好的案例。

AI和IA，彼此间既存在着联系，又相互排斥，同时存在着悖论，就是：同样的技术既可能延伸人类智力，也可能取代人类。一项工作包含不同任务，如果我们让这些任务的一些子集自动化，我们就做到了"智能增强"，这样就有更多时间投入到其他任务中去或享受生活。但如果一份工作可以完全实现自动化，那么机器就会取代人。

所以，究竟机器是否会取代你的这份工作，某种程度上取决于你与机器的关系，以及你与机器协作中的角色担当。这无疑要求我们的教育体系和教育方法做出相应的改变。终身学习成为必然，而学习的方法比学习的知识更为重要。

当然，我们还有重要且迫切的任务，那就是不能无视那些被自动化"抛下"的劳动力及贫富分化等社会问题。我们需要尽可能地把新科技的利益广泛地分配给全社会，尽可能地为大众提供一个更加包容的社会基础，让更多的人可以从科技进步中获益。

每一次产业革命带来的社会问题，并非只是解决就业问题这么简单。生产力飞速发展必然带来社会转型的阵痛，甚至令社会产生前所未有的分化。马尔科夫觉得我们的社会面临的真正危机可能是中产阶级会消失。而理论上，我们需要活跃的中产阶级来维持民主体制，如果一个社会只有顶层富裕人群和底层生活没有保障的人群，它将会是一个不稳定的社会，也不可持续。卡普兰建议说："我们可以改变税法，让那些雇佣了500万人的公司能够享受更低的税率，而只有五个员工的公司则无法享受这一优惠政策。"

斯坦福大学计算机系终身教授、斯坦福大学人工智能实验室主任、"谷歌云"首席科学家李飞飞认为："科技发展的过程中，社会学一定要跟上。每一次的工业发展，我们都得有社会总体的思考——不管是政治家也好，法律制定者也好，哲学家也好，教育家也好。希望人工智能能调动整个社会的一场对话。"

漫步在肯特郡的查塔姆船坞，那边遗留下来的，作为工业文明的遗迹，有很多旧的厂房、库房，库房之间有很多铁的天桥。当年海外贸易最繁华的时候，蒸汽明轮船停到港口，成千上万的工人完全靠肩扛手提，把一个个麻袋运到库房，他们需要通过这些天桥，来回穿梭。如今，一切都很静谧，天桥下只有几家小小的咖啡店，曾经的人声鼎沸、蒸汽腾腾，只能成为脑海中的浮想联翩。

工业革命，马车变成了火车和汽车，田地里的农民变成工厂中的工人，工厂中的工人又面临着与机器之间的对抗。也许今天看来是夸张或不能接受的革新，终有一天会成为常态，然后我们又会面对新的矛盾与冲突，破坏与重建。

马文·明斯基（Marvin Minsky）说："如果够幸运的话，机器或许会把我们当宠物养着。"恩格尔巴特却说："那么你能为人类做些什么？"或许我们每个人都应该问问我们自己："我们能为我们自己做些什么？"智能时代，人工智能都在发愤图强地"深度学习"，我们人类更不能停下学习的脚步。在可预见的未来，机器还无法取代我的工作。你的工作呢？

你好，助理

如果你到美国西雅图拜访微软研究院院长埃里克·霍维茨博士（Eric Horvitz），先要过他的助理莫尼卡（Monica）这一关。莫尼卡是一款虚拟助手

In Search of Artificial Intelligence

拜访埃里克·霍维茨博士，先要过他的助理莫尼卡这一关。

系统，"她"的外形是一台平板电脑，上方是摄像头，屏幕上显示一位棕色短发女郎的面孔。

一出电梯门，我就接受莫尼卡的盘问了。

"你好，你是莫尼卡吗？"（我这是想套近乎吗？）

"你想见埃里克吗？"（莫尼卡单刀直入主题，完全无视我的寒暄）

"我和埃里克预约了一个采访。"（亲，我可是预约的，不是贸然打搅的哦！）

"他这会儿正在工作，但我想他不会介意被打断。"（"她"这个"但"转折的，让我舒了一口气）

"谢谢！"（谢谢亲！要是莫尼卡告诉我不能进去，然后我闯了进去，"她"会不会从电脑里伸出一只手一把抓住我？）

莫尼卡一副严肃的表情，真有点像美剧中高冷的 Office Lady 或女管家。

霍维茨博士的办公室里堆得很满，有些拥挤，没有椅子，原本放椅子

埃里克·霍维茨博士有一个远大的梦想，他希望未来的个人虚拟助手能成为一个集大成的平台。

的位置放了一台跑步机，跑步机上连接着一台可执行操作的电脑。我进去的时候，他正在跑步机上一边走路一边对着电脑。这位白头发、白眉毛的掌门人，喜欢一边运动一边思考问题。我打趣地说："当您执行着您的健身计划时，莫尼卡就应付着来访者吧！"

霍维茨告诉我，莫尼卡的视线足够看到他在办公室内的活动区域，无论主人是在跑步机上健身，还是正在工作，这位助理都能目测到。"有时候，我正在埋头苦干，能听到它说：'他现在正忙着，请十分钟后再来。'当我完成工作时，就听它说：'现在可以进去了。'"莫尼卡会权衡主人被打断的得失，然后决定要不要让访客进去拜访主人。"她"之所以能做到如此为主人着想，是基于十年的数据——没错，十年的数据！

这十年的交情非同一般。我并非置身于科学电影中，也没有踏进时光隧道。莫尼卡不是狂热的科学家仅仅用于实验室的秘密试验品，"她"在微软研究院受训，为有一天可以踏入社会不断充实着自己。

霍维茨博士有一个远大的梦想，而且他相信他能做好的是：集成自然语言处理、机器学习、自主决策和计划、感知、语音识别，让个人虚拟助手成为一个集大成的平台。霍维茨博士将其比作许多人工智能乐器合奏的交响乐，来做出完美的回应。我期待在不久的将来莫尼卡可以为更多的企业管理者、商务人士服务。

回顾我的这趟人工智能之旅，莫尼卡不是我接触的唯一一个人工智能助理。石黑浩教授研究室的前台助理、年轻貌美的艾瑞卡，斯坦福大学人工智能实验室里会买咖啡的"暖男"PR2，科大讯飞中通过语音识别技术就可以帮你订机票的"百灵"……我不禁想，若是莫尼卡、艾瑞卡、PR2、百灵，这些承担了一定工作任务的人工智能，一旦将它们的优点集中到一个人工智能的身上，这该会是多么"上得厅堂，下得厨房"的人工智能助理啊！

当我做完这个系列的纪录片，回到办公室，对我的助理说的第一句话就是："你可能要失业了！"我采访李开复，问他："你觉得哪些职业最容易受到挑战甚至被取代？"他说："我觉得，但凡名字里面有'助理''中介'的职业最容易被取代。如果工作是需要稍微动动脑筋，但不需要太深度思考的，也很容易被取代。"他还不忘开玩笑地说："这些领域我觉得都很危险啊！"人类助理们，妥妥地躺枪！

但是，再仔细想想，且不说让一个人工智能助理可以拥有上述那么多性能，还需要一个很长的过程，如果真出现了这样的"助理"，你对它说："请尽快帮我买杯咖啡。"它的确会以最快的速度帮你买来咖啡，但很有可能它是在人行道上乱跑，把所有人都推开，为你送上热气腾腾、香浓可口的咖啡。这个时候，你还有心情喝这杯咖啡吗？

我们不仅要教会机器拥有完成任务的能力，还需要教它们可以遵守习俗礼仪、懂礼貌，可以在达到目标的过程中能够最小化地使用资源。我们要求机器做一件事的时候要非常小心，不要伤害到别人。这条机器学习之路，还很漫长。

我可能需要机器提醒我的行程，帮我筛选邮件，每次打开邮箱，密密麻麻的"未读邮件"让我有些社交恐惧，我需要机器帮我做一些筛选。我也许还会需要机器帮我起草一些模式化的文件，或者帮我买一杯咖啡。但是我想我依然离不开我的人类助理，人与人之间长期相处建立的信任与默契，尤其可贵。比如助理最近结婚了，我就从心底为她高兴！

就在这时，我的助理敲门进来，轻柔地说："杨小姐，我下星期去度蜜月，您有事就给我发微信吧。"就这样把我"抛"下啦？好吧，还是需要一个机器助理的。

落棋无悔

在硅谷，学术研究与商业投资之间的大门永远敞开。我们看到斯坦福大学附近的 Blue Bottle 咖啡厅，精明的创投家与有着奇思妙想的学者、教授们喝着喝着咖啡，就在餐巾纸上描绘了一个百亿美元公司的蓝图。杰瑞·卡普兰博士（Jerry Kaplan）就在校园和商业之间自由切换。他是开创平板电脑与智能手机先河的人工智能商业化先锋，硅谷最传奇的创业家之一，分别创立了全球第一家在线拍卖公司 Onsale、极具影响力的社交游戏网站 Winster 等公司。他出版了畅销书《人工智能时代》，书中生动探讨了人机共生下财富、

杰瑞·卡普兰博士在校园和商业之间自由切换，他既是斯坦福大学"人工智能与伦理学"客座讲师，又是硅谷最传奇的创业家之一。

工作与思维的大未来。卡普兰的诸多洞见受到美国前国务卿希拉里的青睐，2016年3月，希拉里曾亲自到卡普兰家进行访问。通过卡普兰的作品和媒体报道，我对他做了一些了解。一头白发、严肃的面孔、鹰一般精明的眼睛，我不禁寻思他会不会有些"难搞"。没想到卡普兰热情地邀请我们到他家中进行采访，接触之后，我给他的总结是：清瘦矍铄，谦和儒雅，说话慢条斯理又不乏果敢睿智。

卡普兰的家位于加州，客厅摆放着一架钢琴，还有他太太和女儿们的照片。卡普兰带我们参观了他家的院子，别有洞天，院子里养了几只母鸡，我们真是去得巧了，竟撞见了母鸡下蛋。院子里的一块空地做成了一张国际象棋棋盘，硕大的黑白棋子落在地上。

这位游走于人工智能商、学两界的传奇人物，竟这般充满生活情趣。卡普兰即兴弹奏了一首钢琴曲，我们进入采访模式。自称是人工智能界老兵的卡普兰，从童年时期就开始对科幻小说里的世界充满兴趣，幻想着可以进行太空旅行。后来更被《2001：太空漫游》中拥有强人工智能的超级计算机HAL9000深深吸引，从而投身人工智能领域。"这部电影非常有感染力，看它的时候正好是高中毕业那年，当时没有完全理解它，只知道它非常酷，并且很确定自己想要去太空！"

不过，卡普兰并没有因此而在一进大学就选择理工科，他先是在芝加哥大学获得历史与科学哲学的学士学位。毕业之后，他发现自己唯一能胜任的工作是在仓库打包盒子。在仓库打包了一年盒子之后，他决定必须得干点别的事情。之后，卡普兰考入宾夕法尼亚大学的计算机科学专业，随后前往斯坦福大学人工智能实验室做研究。兜兜转转十年光阴，他终于与人工智能研究有了第一次的亲密接触。斯坦福大学，在卡普兰看来是一个神奇的科学天堂，有很多不修边幅又古灵精怪的奇人，每天都发生着疯狂又古怪的事情。卡普兰和他们一起，在实验室里设计着未来，他们甚至幻想，要是外星人突然降临，他们一定是第一批跟外星人 Say Hello 的人。

那时候，约翰·麦卡锡（John McCarthy），作为斯坦福大学人工智能实验室创始人，是整个实验室的灵魂人物。卡普兰描述麦卡锡花白的头发，喜欢捋着下巴上细细的小胡子，时不时会有疯狂的表情，瞪大着双眼——有没有魔法学院怪教授的即视感？

在这样一个有着疯狂学者、疯狂思想撞击的疯狂实验室里，卡普兰一边吸收着代表当时最顶尖水平的学术知识和理念，一边也受到硅谷创业氛围的召唤。因认为"专家系统"将会有深远影响，加之公司 CEO 的指引，卡普兰离开斯坦福大学，联合创立了一家人工智能公司。在那个年代，做一个企业家并不是人们热衷的事情，但卡普兰还是勇敢地踏入商海。随后的 30 年里，他创办了四家公司，每一次都涉及不一样的领域，但都与人工智能技术有着千丝万缕的联系，并且取得一定程度的成功。

在历经了 30 年商海浮沉之后，又在人工智能浪潮再次复兴之时，卡普兰选择了重返学术界。这一次回归却是因为一个人的邀请——时任斯坦福大学人工智能实验室负责人的吴恩达（Andrew Ng）。吴恩达劝说："你为什么不回来？你是一个有人工智能博士学位的商人，你可以帮到我们！"

其实卡普兰已经在五年前就进入退休模式，但吴恩达的这番话再次点燃卡普兰心中对于人工智能并没有熄灭的热情火苗，他发现自己并不能平静地开始退休生活。机会永远为保持热情又做好准备的人敞开大门，卡普兰再次回到斯坦福大学人工智能实验室。

回归之后的卡普兰却突然对实验室的氛围有些担忧起来。自己当年读博士时候的学术氛围好像发生了变化,他觉得当年的学者对人工智能领域的潜力有着非常宽广的视野,对科技与哲学、社会、经济之间的关系有很深的关注和思考,但现如今的实验室里,这个领域已经细化成一系列学科,跨专业的对话变得困难。虽然优秀的科研工作者层出不穷,但大家似乎都专注于在自己所从事的那个细小的分支领域中寻求一个又一个技术上的突破,似乎缺乏对整个领域历史发展的关注,也缺少了些对所从事工作的未来影响的思考。"大家好像都觉得这些应该由别的什么人去关心,而我们(科研工作者)只是创造一些工具,至于这些工具是可以做好事还是做坏事,那就不是我们关心的事了。"探索智能最基础的本质并以电子形式复制它,已经让位给了优雅的算法和精彩的演示。[1]

卡普兰觉得这是一件比较严重的事情,他做了一场关于上述内容的讲座,并呼吁"必须要有人来教授这些事情"。大家以一种典型的硅谷口吻说:"好啊,那就你怎么样?"于是,卡普兰成为了斯坦福大学"人工智能与伦理学"客座讲师。卡普兰称自己是"一位白发航海家,向他们传授在危险的商业海洋中驰骋的技巧"。经历过人工智能起起落落的他认为:过分期望和过分失望都不可取,在风口浪尖时不要觉得无所不能,出现泡沫端倪时不要瞬间觉得这个领域很廉价。即使是一个清晰的观点,都不要觉得短距离就可以去实现它。对于人工智能的发展需要理性对待。

卡普兰用"爬上一棵树,然后宣告你向登月迈进了一步"形容人类会造出无所不知的超级智能的观点。虽然机器已经是围棋界的独孤求败,也开始渐渐让人们进入一个把方向盘交给机器的新时代,机器还在很多领域都展现

---

[1]卡普兰,《人工智能时代》,前言《不优雅转型,则遍体鳞伤》。

与卡普兰博士的这场棋局是不是很像是机器背后，人类自己的对弈？

出它们超乎人们想象的能力，它可以比某个人或者某个人群聪明，但是你要说机器有一天会比整个人类都聪明，甚至相信真的能造出全知全能的超级智能机器，这种想法就很傻很天真了。

　　上述想法并不妨碍卡普兰研究和思考人工智能带来前所未有的转变时，社会所面临的伦理问题。我们究竟该如何驾驭这些新技术并创造繁荣？这是他现阶段孜孜以求的课题。"想象一下，1910 年，莱特兄弟第一次飞行成功后的几年。假设你正在采访我和我的兄弟。我们中间一个人可能会说：'我会预言 50 年内，我们会有能容纳几百人的飞机，10 小时内能从旧金山飞到北京。'另一个人却说：'是的，也许会这样，但是我们必须马上叫停这种可怕的科技！因为如果你驾驶着飞机飞到一座城市的上空，运载着炸弹，然后扔下，炸毁一切，那该怎么办？'这就是我们与人工智能的关系，两种预测都能成真。"

在卡普兰看来，面对这场前所未有的巨变，我们可以从历史中吸取经验和教训。英语中有一句谚语：历史不会重复，但会惊人地相似。回看20世纪初汽车诞生时，它们曾被称作"无马的马车"，行人曾在路中间行走，马会停下来，避免撞到你，有些地方甚至有过暴动，因为汽车轧到人了，这被视为技术对人类空间无理地入侵。于是我们发明了红绿灯，设置了人行道，制定了让人车共享道路的交通规则。究其本质，是让开车的人、乘车的人和行走的人安全共处。

人类与机器究竟会以怎样的方式共处，归根到底还是一场人类自己的对弈。科技是一把双刃剑，但决定这把剑朝着哪个方向挥动的，一定是操纵这把剑的人。

采访结束，卡普兰邀请我到他的后院进行一次对弈，我饶有兴趣地挪动棋子。转念一想，如果把机器比喻成我们眼前的这些黑白棋子，我与卡普兰博士的这场棋局是不是很像是机器背后人类自己的对弈？落棋无悔，我们准备好了吗？

Chapter 06

In Search of
Artificial Intelligence

洞见未来：AI 无处不在的世界

最好的发明，最后的发明？

1942年，美国著名科幻作家艾萨克·阿西莫夫（Isaac Asimov）在短篇小说《转圈圈》中，提出"机器人三定律"，即：一、机器人不得伤害人类，或坐视人类受到伤害；二、除非违背第一定律，否则机器人必须服从人类的命令；三、除非违背第一及第二定律，否则机器人必须保护自己。后来，他又加了一条新定律"第零定律"——机器人不得伤害人类整体，或因不作为使人类整体受到伤害。

来自小说的机器人三定律不仅成为推动剧情的重要因素，也深深影响着人工智能的研发和使用。很长的一段时间里，人们相信机器人三定律是理性人类与机器人相处的理想状态，只要遵循，便会相安无事。

牛津大学人类未来研究院院长尼克·博斯特罗姆教授（Nick Bostrom）却觉得：机器人三定律虽然是关于如何控制超级智能的"最先进的观点"，但如果超级智能真的产生，究竟会发生什么，人类不得而知、很难想象。阿西莫夫的很多小说都是在探索机器人三定律会怎么出错，因为当三条定律放到一起的时候总会有意外发生。举例来说，如果机器人为了不让人类受到任何伤害，它可能压根就不允许新人类降生，因为人类只要降生于世，就不可避免会受到伤害。

随着人工智能技术发展越来越迅猛，机器人三定律的缺陷、漏洞也开始被很多学者质疑。有一个更流行的词受到越来越多的关注——"奇点"。

尼克·博斯特罗姆教授认为，超级智能的诞生，将会对人类造成不可估量的影响。

同样来自美国的科幻作家弗诺·文奇（Vernor Vinge）于1993年发表《即将到来的技术奇点》一文，他在文章开头就写道："在未来30年间，我们将有技术手段来创造超人的智慧。不久后，人类的时代将结束。"

未来学家、美国奇点大学（Singularity University）校长雷·库兹韦尔（Ray Kurzweil）在2005年出版书籍《奇点临近：当人类超越生物学》（*The Singularity is Near: When Humans Transcend Biology*）中，高举"奇点"大旗。他认为"奇点"将在2045年出现。他还认为，如果人类想要理解和控制"奇点"来临后的局面，必须要与机器相融合，将大脑与机器相连，极大地增强智力，变得更加强大。

英国著名物理学家史蒂芬·霍金（Stephen Hawking）多次公开表示出对人工智能的担忧，他觉得："对人类来说，强大的人工智能的出现可能是最美妙的事情，也可能是最糟糕的事情，我们真的不知道结局会怎样。"特

人工智能真的来了

斯拉汽车公司掌门人、人称"钢铁侠"的埃隆·马斯克（Elon Musk）宣称："随着人工智能的发展，我们将召唤出恶魔。"

博斯特罗姆创立人类未来研究所已经有十年之久，研究所出版过一份关于全球灾难风险的报告，他在报告中描述了12种主要风险，并认为人工智能比诸如核武器、环境灾难这样的问题还要严重。博斯特罗姆还经过调研出版了《超级智能》（Super Intelligence）一书，什么是超级智能？博斯特罗姆认为在任何实践领域都比最强的人类大脑表现得更好的智能就是超级智能。

超级智能会出现吗？会不会有一天，机器人自己把定律给改掉？会不会有一天，人工智用技术反噬人类？会不会有一天，机器成为"终结者"，奴役甚至毁灭人类？人工智能会是人类最后的发明吗？

"会不会毁灭人类，不取决于机器有多智能，而在于它有没有自我意识。机器变得聪明，至少从我们现在研究的角度来讲，它表现得跟我们人类一样聪明，但是它并不是用跟我们人类一样的方式，所以它最后不一定会产生自我意识。"科大讯飞执行总裁、消费者事业群总裁胡郁如是说。

是啊，毕竟现在最聪明的人工智能还不具备人类正常三岁孩子拥有的智商，现在的人工智能处于弱人工智能阶段[1]，至于何时能出现，或者会不会出现强人工智能[2]，甚至超级智能，没人能给出具体答案。见证硅谷发展40年的《纽约时报》资深科技记者约翰·马尔科夫（John Markoff）说："我在硅谷时间够久了，我相信任何超过三到五年的预测，意味着永远只是科幻。"一边说，马尔科夫一边笑着摆了摆手。让机器在无监督学习下认出

---

[1] 弱人工智能指的是专注于且只能解决特定领域问题的人工智能，目前我们所看到的人工智能都属于弱人工智能。
[2] 强人工智能观点认为有可能制造出真正能推理（Reasoning）和解决问题（Problem-solving）的智能机器，并且，这样的机器能将被认为是有知觉的，有自我意识的，可以胜任人类所有工作。

猫脸的华裔科学家吴恩达（Andrew Ng）觉得："现在担心邪恶的智能机器人奴役人类，就像担心火星上人口过剩。"硅谷传奇创业家、《人工智能时代》作者杰瑞·卡普兰（Jerry Kaplan）则表示："认为我们无意中不小心造出无所不知的超级智能机器，这样的想法很傻，毫无根据，这就像爬上一棵树，然后宣告你向登月迈进了一步。"

博斯特罗姆却认为："我们担心的不是人工智能会恨我们、奴役我们，而是它们会对我们冷漠无情。就像我们和蚂蚁的关系，假设商场外要建个停车场，也许那里正好有一个蚁穴，但我们会将其铲平，这不是因为我们恨蚂蚁，而是我们要将那些资源另作他用。"他向我做了一个假设。如果有一个人工智能，它被设计出来尽可能多地生产回形针，又或许它是被设计出来运作一个回形针工厂。在它是弱人工智能的时候，它越来越多地生产回形针这个目标是对人类有利的，它更加有效率地运营着回形针工厂。突然有一天，它变成了超级智能，它会按照自己的意愿去优化自己的利益。它会发现尽可能多地生产回形针不一定要通过建造更多的回形针工厂，还有很多其他方式。它可能会阻止人类关掉它，因为如果人类关掉它的话，生产出的回形针就会变少了。它甚至会将它能触及的地方夷为平地，让这些地方用来生产回形针，变成回形针工厂。这只个开玩笑的例子，但可以想象一下，人类可以给人工智能植入任何一种目标，你不知道人工智能最终会用怎样足够强大的优化流程，让这个世界最大化地变成符合这一目标的样子，这个时候，人类将会无立锥之地。

博斯特罗姆坦言，对于超级智能毁灭人类会何时发生，他并不能确定，但是他觉得一旦产生了超级智能，那将是一种非常强大的技术，会对人类造成不可估量的影响，他希望会是好的影响，但也有可能会把它错误地设定成

天体物理学教授马克斯·泰格马克认为人类应对人工智能的发展心怀警惕。

与人类利益不相符的模式。

美国麻省理工学院计算机与人工智能实验室里，实验室主任丹妮拉·鲁斯（Daniela Rus）和她的伙伴们优化着可以安全上路的自动驾驶汽车，设计着可以端咖啡、可以排雷、可以上天入水的机器人，畅想着一个机器人无所不在的未来。同一座校园的另一处地方，天体物理学教授马克斯·泰格马克（Max Tegmark）却忧心忡忡。他的观点是："我们现在当然不知道怎样造出超级智能，但万一我们实现了呢？我们当然希望已经有所准备，这将是人类历史上最大的突破，我们不能盲目地去实现。机器会执行我们的指令，所以我们下令要谨慎。我们需要研究怎样让机器领会我们真正的意图。"2014年，泰格马克参与成立未来生活研究所（FLI，Future of Life Institute），这一机构的资助人之一便是埃隆·马斯克。泰格马克、马斯克、史蒂芬·霍金等人又联合发起一份提醒公众警惕人工智能潜在威胁的公开信，至今公开信已在网上征得超过8000人的签名，Skype联合创始人扬·塔林（Jaan Tallinn）、好莱坞著名演员摩根·弗里曼（Morgan Freeman）、苹果联合创始人史蒂夫·沃兹尼亚克（Stephen Wozniak）、英国人工智能公司DeepMind CEO 戴米斯·哈萨比斯（Demis Hassabis）、美国哲学家诺姆·乔姆斯基（Noam Chomsky）等诸多名人精英位列其中。公开信最后呼吁："我们相信，让人工智能系统变得强大和对人类有益，同样重要且紧迫，有一些具体的研究方向现在即可着手开展。"这么多重量级人物联名呼吁，是未雨绸缪，还是小题大做？

让我们把时间定格到2010年5月6日。美国道琼斯工业指数发生疯狂下跌，股票价格指数在短短十分钟之内下跌了9%，上万亿美元瞬间蒸发，股灾发生得如此突然、震荡剧烈，引发了全世界的恐慌，究其原因，竟然是"高频交易"的算法发生了错误，从而引发了一系列反应。在华尔街，有一种自动交易股票的人工智能程序被称为"高频交易"，由于其交易速度之快，获利之高，在美国股票市场一度泛滥。然而这次事件却让人们开始对滥用人工智能进行反思。

2016年的一起事件又一次让人们对人工智能不那么乐观，这年5月，一辆特斯拉汽车在美国佛罗里达州与一辆拖车相撞，驾驶员丧生。事故原因是处在自动驾驶模式的汽车在明亮天空下看见拖车的白色车身，误认为是天空。特斯拉汽车自动驾驶是一项辅助功能，每一次自动驾驶模式启动时，汽车都会提醒驾驶员"请始终握住方向盘，准备随时接管"，即使如此，车里的驾驶员还是忽视了"辅助"二字。

人工智能的算法似乎不定时会出现一些令人头疼、无法预料的意外，而人类又似乎容易掉以轻心。有一个"科学怪人"曾出现在作家玛丽·雪莱的梦魇中：年轻气盛的科学家弗兰肯斯坦利用生物学知识拼接出人体，并通过雷电赋予其生命。当这个生命成活时，弗兰肯斯坦激动兴奋地狂呼："它活了！它活了！现在我有了身为上帝的感觉了！"但这个人造怪物一步步走向失控，给人类造成悲剧。现实生活中，人工智能会因为人类的盲目或使用不当而失控、犯错吗？答案是肯定的。

让我们再把目光转移到国防和军事化应用上，自动武器的滥用值得警惕。战地机器人、无人机、无人车等各种人工智能技术应用其中，机器人替代人类士兵进到一些高危地带，甚至可以减少人类士兵的伤亡。人工智能技术的发展和运用必然影响到国家之间的军事平衡与竞争力水平，而随着技术设备或军事化应用的成本降低，恐怖主义也完全可以利用它反制。

隐私和监控问题同样也令人担忧，你在做什么，你已经做了什么，好像大数据都能捕捉得到，真有点"集体裸奔"的感觉，隐私会不会被别有用心的人利用？无处不在的摄像机既可以让罪犯无处遁形，也可以让普通人的行踪被一览无余。那些控制了海量数据的公司，谷歌、脸书、百度、腾讯、阿里巴巴，他们会怎样使用或销售我们的消费数据？这些数据创造的价值是否与我们无关？已经是摆在面前的问题。

种族偏见问题亦不可小觑，博斯特罗姆举了个例子："有人试着在谷歌图片里搜索'白人青少年'，出来一些图片的内容是一群很开心地玩着球类游戏的孩子。然后他又试着搜索'三个黑人青少年'，竟然出现了三只马克杯的图片。如此一来，便成了种族主义者而非谷歌的算法。"博斯特罗姆补充了一句："偶尔地，你还发现，这些恼人问题中的算法以一种无意识的方式在运作。"

从上述例子来看，公开信呼吁"让人工智能系统变得强大和对人类有益，同样重要且紧迫"并非小题大做。

想象一下，当机器作为我们助理时，我们能允许它做到哪一步？如果我们去电影院的时候，发现有一大堆机器人在排队替主人买票，我们会有什么感觉？如果这个助理机器人为了第一时间将咖啡送到主人跟前，一路狂奔撞倒路人怎么办？你的自动驾驶汽车，如果停车时间有限制，它会不会自动重新停一次车？它可以自己开出来然后停到另一个地方去吗？再就是，你的机器会被允许替你投票吗？

机器是被制造出来的，它们一旦来到人类世界，必须遵守人类的共识，符合人类的生态系统。诚然，"奇点"是否来临、何时来临这个问题对我们来说，还非常遥远，但人工智能的伦理问题，已经来临，现在思考起来，并不算早。人工智能真正的潜在威胁，并非来自机器本身，更确切地说，是来自控制这些机器的人，或者是那些掌握了优于其他国家或群体的先进科技技术的人。机器的行为目标、行为规范，甚至价值倾向，都来自设计和使用它的人。机器背后的人与人之间的认知差异、价值差异、行为方式的差异，都会让机器本身成为一把双刃剑。

中国人工智能学会理事长、工程院院士李德毅表示："会不会有一天，机器人跟人类吵架，或者机器人把人类推翻？实际上，这种假设是不存在的，就好比世界上有男人和女人，女人会团结起来把男人打败，或者男人打败女人——这是不可能的。将来也不会有一个阵营，机器人在一边，人在一边，而是人和机器人的混合团体，跟另外一批人和机器人的混合团体，形成一个区域的新的文明，或者一个新的生态系统。"

我们被算法包围，我们通过掌上设备做出大小决定，从选择到哪家餐厅吃饭，到和谁结婚，这些都植入了算法。机器没有自我意识，做决定的是我们，是人类的决定深植于软件之中。人类在人工智能中很重要，我们要研究怎样结合人类智能和机器智能来解决问题。

微软研究院院长埃里克·霍维茨博士（Eric Horvitz）发起了"百年人工智能研究计划"，这是一项关于人工智能给人类社会造成各种影响的长期学术研究，霍维茨希望整个项目能持续一个世纪。"'百年人工智能研究计划'每几年做一个新报告，回顾过去多年的研究，也前瞻远大的梦想，我们意识到我们需要持续不断地反思，保持主动、警觉并提供引导，因为我们知道，就像电力一样,这项技术将深深地影响一切。"

"如何让人工智能成为一个有效的、对社会有益的工具"是一个宏大的命题。它引出无数开放性的讨论。

人工智能改变世界,谁来改变人工智能?而其实改变世界的,说到底并不是科技,是人。人发明科技,人应用科技。霍维茨认为"共生"是人类与机器相处正确的打开方式,也是"一个长远的梦想",人类与机器可以亲密地工作,感觉合二为一。这一天会来到吗?霍维茨笑着握起拳头,做了一个加油的手势:"如果我们做得够好!"

好莱坞眼中的"人工智能"

摩根·弗里曼并不担心人工智能会抢了自己的饭碗。

作为好莱坞著名演员的摩根·弗里曼,主演过多部经典的科幻电影,他的名字出现在2014年那份警示人们注意人工智能威胁的公开信上,引起了我的注意和好奇。在这封公开信中,弗里曼先生恐怕是唯一的知名艺术家吧。联系弗里曼先生接受我们的采访,着实费了一番周折,最终我们是在

In Search of Artificial Intelligence

谈及好莱坞与硅谷的关系，洛莉·麦克里觉得彼此的关系正在加强。

纽约的文华东方酒店采访到了弗里曼先生和他的搭档，美国制片人协会联合总裁洛莉·麦克里女士（Lori McCreary）。

　　洛莉和弗里曼曾经合作过一档系列纪录片《穿越虫洞》（Through the Wormhole）。片中，弗里曼作为主持人带领观众对例如弦理论、黑洞、平行宇宙等科学问题做了一番探究。这些话题听起来抽象且超过普通观众的理解，又激发了人们的想象。比如"永远是多远？""如果说宇宙有膨胀，那它的外面又是什么？"通过这档纪录片，弗里曼感受到了科学的不可思议。

　　谈及好莱坞与硅谷的关系，洛莉从制片人角度来看，她觉得彼此的关系正在加强。无论是制作电影的方式上，还是工作流程上，都已经彻底数字化。娱乐行业需要硅谷，需要技术，需要尽可能多的技术去帮助电影人讲更好的故事。科技与娱乐，这是一个伟大的共生关系。

　　聊到当年参与"公开信事件"，弗里曼表示他支持史蒂芬·霍金、埃隆·马斯克（Elon Musk）的观点。如果有一天，当技术已经控制我们的生活，这时有一个人工智能，它认为地球上已经有太多人了，并且给地球造成了伤害，它可能会决定做一些事情减少地球的人口——这在弗里曼看来是能想到关于人工智能最糟糕的噩梦。

不过，弗里曼并不担心人工智能会抢了自己的饭碗。"它们不会耸耸肩，不会抛媚眼，没有人类如此丰富而微妙的表情。这正是演员的职业素养。"

洛莉说："也许人工智能未来能帮助制片人更好预测电影的卡司对票房的影响，但很难替代制片人的其他工作，比如对付一个耍大牌的明星，或是协调片场出现的各种矛盾。说实话，连我都不知道每天会出现什么状况。哈哈。"

在电影《超验骇客》中，弗里曼饰演的角色摩根质问拥有威尔卡斯特博士（约翰尼·德普饰演）思想的超级电脑："你能证明自己有意识吗？"对方反问了一句："你可以吗？""自我意识"是人工智能尚不具备的东西，但人类也很难证明。所以笛卡儿说"我思故我在"。洛莉为我们打了个比方，弗里曼曾在《成事在人》（*Invictus*）中饰演了南非前总统曼德拉先生，弗里曼可以模仿曼德拉走路、说话，观众甚至可以认为："这就是曼德拉先生啊！"但弗里曼不是曼德拉，说到这里，弗里曼补充了一句："并且永远都不会是。""有一个固有的东西终究是属于曼德拉的，我只能模仿，却无法取代他的灵魂。"

那么，灵魂，又是什么呢？

In Search of Artificial Intelligence

超级智能有多远？

我读的第一本人工智能领域的书籍就是牛津大学人类未来研究院院长尼克·博斯特罗姆教授（Nick Bostrom）的作品《超级智能》。在书中，他预言："如果有一天我们发明了超越人类大脑的机器大脑，那么这种超级智能将会非常强大。并且，正如现在大猩猩的命运更多地取决于人类而不是它们自身一样，人类的命运将取决于超级智能机器。"

很长的一段时间里，人工智能尤其是超级智能对我来说，是一个可怕的存在。特斯拉掌门人、"钢铁侠"埃隆·马斯克的推荐语"《超级智能》一书值得一读，我们需要十分小心人工智能，它可能比核武器更危险"，还有占据封面1/2篇幅设计的猫头鹰的眼睛、尖尖的鼻子，尽管有些抽象，多少给人一种触目惊心的感觉。在序言中，他引用了这样一个寓言故事：一群麻雀决定共同照顾一只被遗弃的猫头鹰，希望这只被收养的猫头鹰将来成为它们的保护神。但猫头鹰长大后，反过来把麻雀都吃了。

博斯特罗姆教授本人没我想象中激进。拜访他时，他正在为自己制作午餐，还热情地邀请我一起享用。这可不是一般的午餐，教授称之为"长生不老药"（Elixir）。别被我的描述惊到啊，它其实是一种由很多蔬菜、一些蛋白粉、一点点橄榄油做成的奶昔。我享用的这杯奶昔呢，就包括了胡萝卜、西蓝花、青柠、蓝莓、姜黄、香草、燕麦奶等。读者朋友不妨也来试试，长生不老不太可能，但肯定很健康。未来学家们好像多少都很关注"永生"这

人工智能真的来了

个话题，并且希望可以长生不老，不知道博斯特罗姆的这款奶昔是不是也有点这个意味？

"长生不老药"，博斯特罗姆只是一笔带过，他觉得这种午餐最大的好处在于节省时间，把一堆健康食材放进搅拌机自动搅拌就可以了，这能让他将更多的精力投入到工作中，趁着空当，浏览文件看看邀请函之类的。当然如果有一个机器人助理来操作就更完美了。博斯特罗姆建立人类未来研究院已经10年。目前研究所汇集了来自数学、计算机科学、哲学、工程学等诸多学科领域的研究人员，对在他们认为的人类未来的重大问题上进行力所能及的思考。

"长生不老药"牌奶昔，味道还不错！

博斯特罗姆本人修习了理论物理学、哲学、数学、计算神经科学等专业，是一个有广泛知识兴趣并且一心扑在研究上的人。他没有教学任务，所以可以把几乎全部的时间都投入到他认为最重要的研究课题人工智能上。博斯特罗姆不仅和研究院的同仁从科技本身、战略影响、社会影响、经济影响、道德影响等方面对人工智能进行研究，他本人还花了六七年的时间，潜心调研，完成《超级智能》一书。

博斯特罗姆在一份关于全球灾难风险的报告中列举了12种主要风险，认为人工智能比核武器、环境灾难这些问题更加严重。他提醒人们，应该把"问题多急迫"和"这个问题最终会有多大"区分开来。就风险而言，核武器风险更大，因为核武器已经产生，而超级智能不知何时出现。但如果从长远来看，一旦超级智能被发展出来，导致的灾难可能是毁灭人类、毁灭未来。

"未来"究竟有多远？博斯特罗姆耸耸肩："没有人知道我们距离人类级别的人工智能或者说超级智能有多远，这不是一件你能够提前就能精确预测的事情。几年前，我们在世界顶级的人工智能专家中做了一个调研，其中一个调研问题便是你认为在哪一年人工智能会有50%的可能性达到人类水平？回答的中位数是在2040～2050年之间，这个取决于是问了哪个专家组。当然这存在很大的不确定性，可能会很晚发生，也可能很早发生。"即便如此，博斯特罗姆认为既然超级智能有可能在人类有生之年得以产生，即使概率小于50%，即使几十年内，我们能看到的可能性只有10%，这都值得我们去关注。

他给出了一些建议，比如在不同的研究组织之间建立社群和协作组织，嵌入一些共同的有益于人类的规范、原则，如果超级智能真的来临时，所有人都会共享这种伦理理想。那个时候，超级智能是在为人类共同的福祉而服务，有普世的道德规范，这项技术太强大了，所以任何一个国家、一个公司，都不能独占。

听博斯特罗姆的分析和描述，我脑海中满是好莱坞科幻电影的画面：人类与机器人的对抗，人类结成各种同盟组织想出各种办法，终于驯服了机器人，保住了自己主宰地球的地位。如果说未来是一幅巨大的荧幕，上面放映着我们的希望、我们的恐惧、我们的抗争、我们的努力。博斯特罗姆却觉得，研究未来"不是着手去追寻最戏剧化的故事或者最有趣的剧情，而是你尝试用一种分析的方式，去探索出最有可能的情况，然后去打破，去建立。你需要付出艰辛的努力，不是说编造出一些想象就可以了，而是需要我们年复一年的不懈努力，最终才有可能取得进步。"

　　从这个角度看，且不论博斯特罗姆对超级智能的预测是否悲观和过于激进，博斯特罗姆的研究还是给我们提供了一种思维角度。我们当然憧憬人机共生、彼此助力的未来，我们也有理由相信未来的人工智能一定比现在的要强大很多倍。未来，我们的后代与人工智能会以怎样的方式相处于同一个星球呢？他们会怎样看待人类在这个关键时刻所做出的努力呢？

记忆总是让我觉得不可思议

记忆，是智能的重要组成部分。没有记忆，我们就没有过去，也无所谓未来。记忆让我们成为我们。

"记忆总是让我觉得不可思议。试想一下，你可以随意回想起在遥远的过去所发生的事情：例如，你中学或者大学生活的第一天，你的第一次约会，或是你的初恋。在回忆的过程中，你并不仅仅是记得某件事，同时也在重新体验这件事情发生时你的所见所闻所感，当时的情境氛围、具体的时间地点、聊天的内容，甚至是你的情绪状态。回忆也可能是对过去某段记忆的重新塑造，有时记忆也会被歪曲。回想过去的某段经历恰如一种精神之旅，它让我们穿越时空限制，并且能够在完全不同的维度之间来去自如。"

这是哥伦比亚大学医学院生物化学与分子生物物理学系的教授埃里克·坎德尔（Eric Kandel）在其回忆录《追寻记忆的痕迹》中的一段话。坎德尔致力于认知神经科学领域，尤其是大脑中的记忆过程的研究，因为在研究中发现了如何改变突触的效能，以及其中涉及了哪些分子机制，于2000年获得诺贝尔生理学或医学奖。你肯定想不到启发他走上这条科研不归路的是他的一段童年记忆。1938年11月7日，就在小坎德尔9岁生日的那天，父母送了他一个电动遥控汽车模型作为生日礼物，然而快乐只维持了两天。两天后的傍晚，重重的敲门声打破这个家庭的平静。随后便是纳粹警察命令他们住到陌生人的房子里。坎德尔再次回到家中时，家里被洗劫一空，

埃里克·坎德尔教授致力于认知神经科学领域研究，于2000年获得诺贝尔生理学或医学奖。

这期间小坎德尔还遭遇了父亲的失踪和归来，这些都构成了他童年生活最强有力的记忆内容。"后来我才理解这些记忆中的事情是发生在'水晶玻璃之夜（Calamitous Night）'，那个不幸的夜晚不仅打碎了维也纳犹太教堂和我父母商店的玻璃窗，而且粉碎了整个德语世界中无数犹太人的生活。"1939年，坎德尔一家离开维也纳去往美国，"虽然我和我的家人在纳粹政权下只生活了一年，但是在维也纳的那最后一年中，我所经历的惊慌、贫穷、羞辱和恐惧，决定了我以后的人生"。这段记忆让坎德尔对人们如何言谈举止、动机的不可预测性以及记忆的持续性产生浓厚的兴趣，"我想理解这一切为什么会发生，那些昨天还在欣赏海顿、莫扎特、贝多芬的人，为什么会迫害犹太人？我想了解人类心智的本质。"七十多年后，坎德尔向我讲述他的那段童年记忆，平静，却感慨万千。

在美国念大学时，坎德尔并没有一开始就对科学产生兴趣，而是痴迷于奥利地和德国的当代历史，并打算成为一名历史学家。后来，他对心理分析（Psychoanalysis）产生了强烈的兴趣，再后来，他转向了对人脑和记忆的研究。

坎德尔是第一个记录海马体内单一细胞的人，然后他又意识到海马体内的神经细胞与大脑其他区域的神经细胞并没有很大的不同，这可能不是该走的研究方向。海马在当时研究起来太复杂，坎德尔和他的伙伴决定寻找一些简单的动物模型，他们将目标锁定在了海兔身上。这是一种海洋软体动物，特点就是"神经大条"。它一共只有两万个左右的神经元，而且每个都有一毫米大小，易于观察。坎德尔觉得如果我们能够揭开低等动物身上的奥秘的话，那么我们就很可能揭开高等生物相应的奥秘。虽然高等生物很明显更加多样化、更加复杂，有更多的细胞和细节，但是基本的原理是一样的。当时没有人知道记忆是怎么形成的、记忆是怎么长期保存的。一个叫圣地亚哥·拉蒙－卡哈尔（Santiago Ramóny Cajal）的西班牙学者（后来成为"现代神经科学之父"），认为可能神经细胞彼此交流的方式，就是后来被称作"突触"的东西，通过学习会被加强。受到卡哈尔的启发，坎德尔进而发现：如果仅仅让你接收到一次刺激，你会产生短期记忆，记住了几分钟，这是功能性的改变；如果你接收到重复的刺激，比如学习某种事物长达几天或者几周，这时候突触就会被加强。坎德尔根据自己的研究，写了一篇叫《单个突触中的精神疗法》(*Psychotherapy in a Single Synapse*)的论文。

通过不懈的研究，坎德尔发现人类的长期记忆并不是存在于神经元或者突触中，而是存在于它们彼此之间的互动和连接中，并且突触具有可塑性，突触之间的回路是可以被改变的。

那么遗忘的机制是什么呢？遗忘的话至少有两种原因（可能有更多），一种原因就是记忆还在那里，但是你不知道如何唤醒它。当你受到外界刺激，激活了海马体某个区域的一组细胞，尤其是一些小的亚群体，你就可以使记忆活跃起来。然后，它来到前额皮质的位置，激活那里的细胞，你的记忆就

坎德尔教授小心翼翼地为我展示海兔 Joe。

被唤醒了。遗忘就是当唤醒机制不能工作时发生的事情。

"难忘"又是怎么回事？当你年轻时，一切事物对你来说都是新鲜的。比如说初恋，你在此前没有恋爱经验，所以最初的经验会让人印象深刻。另外，年轻时候的大脑具有非常强的可塑性，它有很强的记忆能力，比之后要强得多。

海马体也是一个有趣的存在，我们把很多记忆存储在海马体中。如果你损坏了海马体，那么有些新的记忆就无法形成，但是在损坏之前的所有记忆你还是能够记得很牢，因为它们之前就已经被存储好了。刚开始你是在海马体里面存储的，但是后来你在大脑皮层的其他地方重新储存了。随着其他地方对这个记忆存储不断加强，它们就会取代海马体对这部分记忆的存储。所以，这时候如果你清空海马体，大脑其他部分就会接管这部分记忆。大脑有关记忆与遗忘的机制有时是潜意识影响的。比如我们会"清空"一些无关紧要的知识，而留下空间储存新的知识；再比如我们会因为一段不堪回首的往事，而将它埋在记忆深处，甚至选择遗忘。

大脑中还有掌管原始冲动和情感的杏仁核。整个大脑中分布着各种智慧功能，认知、判断、想象、创造、审美、潜意识、本能，全都来自大脑。

与坎德尔交流与大脑有关的种种时，我仿佛化身一个超级迷你的小机器人钻进人类的大脑，在神经元、突触形成的迷宫中探秘，我不由得一次次惊叹人类大脑的神奇。

坎德尔说，神经科学之于 21 世纪的意义，就如同 DNA 之于 20 世纪的意义。我们现在有非常好的生物学背景来理解整个生物学领域最富有挑战性的问题，但对人脑这部机器，我们了解的也只是冰山一角，"最大的挑战依然是意识的本质"，我们对意识的自我反省和自我认知的研究才刚刚开始。但不管多么微小，没有什么比获得一个新的发现更令我们兴奋和激动了。新的发现使我们一次又一次解开这个世界的一小部分谜团。坎德尔说："我不仅想知道哪些方面的观点被证实，还要了解其他思想无法被证实的原因。"

大脑的审美能力也是坎德尔教授研究的课题之一。在他看来，好的艺术品能刺激观众的想象力，而观众在想象中体会的情感让他产生了审美的满足感。坎德尔办公室的书柜前挂着他撰写的图书《洞见的时代》的封面，封面上的画是奥地利著名画家古斯塔夫·克里木特（Gustav Klimt）的作品《阿德拉·布洛克-鲍尔的肖像》。画中的女主角是当年一家犹太糖厂厂主夫人。坎德尔说："这是我所见过的最棒的画作之一。"这幅著名的油画作品在 2006 年被化妆品巨头罗纳德·劳德（Ronald Lauder）购得。劳德在他八九岁第一次见到这幅画时，觉得这是另一幅《蒙娜丽莎》，画中的女子颇有异国情调，还有一点儿神秘感，他被这幅画深深地吸引了。劳德每年夏天都会到这幅画面前静静地欣赏，觉得它近在眼前却又遥不可及。当你非常想拥有某样东西时，脑内的多巴胺就会被激活；当你对某种东西上瘾了，你越被拒绝就越会爱它，这就是多巴胺在起作用。劳德最终用 1.35 亿美元的天价购买下这幅画，使之成为世界上最昂贵的油画。在坎德尔看来，正是多巴胺起了作用。那么，从事了五十多年教学科研的坎德尔，还有那些探索未知世界的科学家们，他们对于科学的执念，是不是也是源自多巴胺的洪荒之力呢？

In Search of Artificial Intelligence

人类，多么了不起的杰作

哈姆雷特说："人类是一件多么了不起的杰作！多么高贵的理性！多么伟大的力量！……宇宙的精华，万物的灵长！"在认识和改造世界的过程中，人类经历对外部世界认知的一次次重大变革的同时，也一次次重新审视自己。我们曾以为自己被造物主眷顾，置身宇宙的中心，哥白尼让我们重新思考自己在宇宙中的位置。我们曾以为人类自诞生之日起，就长成今天这副模样，达尔文却说，人类和任何生物，都是经历了进化的过程。好吧，至少我们还是自己精神世界的主人，弗洛伊德（Freud）却又宣称，"意识"只不过是冰山一角，巨大的"潜意识"尚在我们的掌控之外。

你好，机器人！

我们开始打造智能的机器。1950 年，天才数学家阿兰·图灵（Alan Turing）启发我们向世界发问："机器会思考吗？"他为人类打开了一扇人工智能的大门。1956 年，美国汉诺威小镇的达特茅斯学院迎来一群思维活跃的科学家，他们踌躇满志地认为，人类学习的每一个方面和智能的任何特征，原则上都能被精确地描述，并可以被机器模仿。他们要尝试让机器能够使用语言，形成抽象概念，还能解决人类现存的各种问题——从此人工智能（Artificial Intelligence）这个概念进入人们的视线。

如同任何宝贵的成就必须要经历"梅花香自苦寒来"的磨砺一样，从 20 世纪五六十年代至今，人工智能发展并非直线上升，而是经历了起起落落的三次浪潮。符号主义、专家系统、反向传播、人工神经网络、深度学习、图像识别、语音识别、自动驾驶汽车、机械手、无人机、扫地机器人、战地机器人、情感机器人、仿生机器人、生化电子人，甚至超级智能……应运而生的这些名词不胜枚举，见证了人工智能 60 年的探索和发展。直到 2016 年，我们迎来人工智能爆发的元年，我们也看到了，人工智能似乎正以一种迅雷不及掩耳之势的发展方式卷土重来，深入到这个世界的每一个角落。

即便如此，我们却发现，我们很难给人工智能下一个普适的定义，"人工"很好理解，"智能"，涉及意识、认知、判断、记忆、预测、直觉、幻想、想象等方面，很多人因此认为这是社会科学家的事情，所以人工智能从诞生之日起，就交错于自然科学和社会科学之间，"智能"的定义直到现在还争论不休。我们越是希望将"智能"赋予机器，就越发现其实我们依然对自己的大脑所知甚少。大脑是最出色的计算设备，然而，至今人类大脑是如何工作的，这个问题与宇宙的诞生、生命的起源一起被称为世界上的三大难题，仍是未解之谜。

纽约大学心理学和神经科学加里·马库斯教授（Gary Marcus）认为："我们对大脑的了解不多于普通人对计算机的了解。他们拿着平板电脑，在上面做各种点击，但并不知道电脑里面究竟是什么。"微软研究院院长埃里克·霍维茨博士（Eric Horvitz）说："神经元如何相互交流，细胞如何产生思想，对我而言是一个巨大的秘密。"

著名的深度学习和人工神经网络虽是源自对神经生物学的理解，用机器来模仿大脑的工作机制，通过神经元的联结来传递和处理信息。但"卷积神经网络之父"、深度学习的领袖人物，现任脸书人工智能研究室主任扬·乐昆（Yann LeCun）却这样形容他们的研究："飞机从飞鸟中获得灵感，但飞机没有羽毛，虽然有翅膀，但不会扇动翅膀。"人工智能研究如果试图完全复制我们并不真正理解的大脑，很难取得重大成果，所以科学家们终究绕开了这个神秘的黑盒子。

日本国立情报学研究所从2012年起，开发人工智能系统"东大机器人君"，简称"东机君"。几年来，"东机君"以考上日本第一名校东京大学为目标而奋力学习。研究人员却发现，"东机君"一遇到需要常识来解答的问题，立马就被难住了。"东机君"项目负责人，该研究所社会共知研究中心主任新井纪子教授告诉我们："东机君最擅长的科目是世界史，其次是数学，对它而言非常难的一个科目是物理。一般大家会认为既然数学成绩很好，那么物理应该也不错，但其实物理非常难，因为没有常识就无法解答很多问题。从东机君2015年的模拟考试成绩来看，达到了人类前20%的名次，虽然如此，要问东机君是不是达到了高中三年级学生的智力水平，答案是完全没有达到，它甚至都不如人类一两岁孩子的智力水平。"在2016年的模拟考试中，"东机君"依然改不掉偏科的毛病，第四次落榜东京大学。研究人员宣布"东机君"放弃考东京大学的目标，转为致力于中学生水平的阅读理解能力研究。

对于如何将常识教给"东机君"，这个挑战实在太难了。人类智能可以举一反三，从很少的经验或从看到的或听到的信息中获知更多的知识，但目前再聪明的科学家赋予机器再高明的算法，也没有人类自己那么擅长从数据中学习。因而我们给算法的数据量总是大于任何人能消化的，但再大的数据量也无法将所有与常识、直觉有关的问题全部囊括其中。有些数据不可能大量提取，成本太高，就好像学开车不可能要出过很多次车祸才能学会不撞车。

马库斯说："语言中有无数的句子，但孩子却能从有限的数据中习得语言。怎样从相对少量的数据中，来理解无限的可能性呢？孩子们总是这样做：他们想知道'世界上有什么'，'我如何探索世上万物'，并从中找到乐趣。孩子看到一个例子，会想'我还能用它来做什么'，而目前的机器看过许多样本之后，却希望下一个和之前的很相似。"

杰夫·霍金斯认为当前的人工神经网络和深度学习，需要加入时间和行为。

纽曼达（Numenta）人工智能公司联合创始人杰夫·霍金斯（Jeff Hawkins）曾是英特尔的计算机工程师，熟知计算机的工作原理。他曾无数次向客户和员工讲解微处理器，他形容自己"就像曾经立志当演员的人，却数年在餐厅端盘子"，直到得到机会，才认识到对大脑的研究是自己的"另有所爱"。霍金斯说："我们只有一样东西，公认为具有'智能'，那就是——大脑。"输入大脑的数据瞬息万变，并且是基于时间的数据，但几乎所有传统的人工智能对"时间"是没有概念的。人工智能的"脑袋"里只有快照，只有图片，比如它们的脑袋里装着几百万张猫的图片。此外，人类是通过自己的行为来感知世界，当我们与猫互动时，我们动，猫也在动，我们触摸猫，我们听见猫的声音，产生听觉与视觉的信息流进入大脑，大脑学习的是世界的模型。世界上没有一只猫长成如这幅图片中所画的样子。这是一组人类儿童画的小猫，孩子们不需要通过看几百万张猫的图片来认识猫这种动物。我们还有很强的创造力，我们有了世界的模型后，可用来解决新的问题，我们还可以

这是两位四岁小朋友画的猫。

在新情况中运用过去的经验。霍金斯认为当前的人工神经网络和深度学习，需要加入时间和行为（当然，科学家们已经开始尝试这么做了）。

哥伦比亚大学神经科学副教授斯蒂法诺·富西（Stefano Fusi）说："如果你将一台电脑打开，你能看到里面井井有条，各种不同类型的芯片代表这台机器的不同组成部件，你可以为每个部件贴上标签，注明其执行什么功

能。但如果你'打开'头颅观察大脑，然后想象火车站离别的场景，我们不会找到专门为火车而存在的神经元，你不会看到专门识别男人或女人的神经元。你看到的大脑内的景象，大概就像一堆杂乱的信号。"

人脑拥有近千亿个神经元，每个神经元又通过成千上万的突触彼此交流。但富西告诉我们："大脑并非像一个开关，当你得到一些信息，就从一种状态切换到另一种状态，而是复杂多样的生物化学反应同时发生。"

虽然大约 15 万年前现代人首先在东非出现后，人脑的大小和结构并没有发生什么变化，但是多少年来，人们的学习能力和对历史的记忆已经通过文化的传承发生了巨大的变化。人类是大自然的杰作，漫长的进化已经为我们的智能打下"草稿"。麻省理工学院大脑与认知科学系托马索·波焦教授（Tomaso Poggio）说："婴儿不可能从零学会他最初几年获得的所有能力，其实他脑中已有了基础。"

年过八旬的埃里克·坎德尔教授（Eric Kandel）是哥伦比亚大学医学院生物化学与分子生物物理学系的教授。2000 年，坎德尔因在神经系统学领域的贡献获得了诺贝尔生理学或医学奖。他的研究成果要部分归功于海兔，这种软体动物的神经系统仅仅由两万个神经细胞组成，它有动物界最大的神经细胞，可以延展插入电极。

"我们与无脊椎动物应该是有天壤之别吧？"我好奇地问坎德尔。他告诉我："人类在每个层面都更丰富，但一些与生存密切相关的要素，人类与无脊椎动物比如说海兔是相通的。"

人类也拥有过这样卑微的起点，在进化的过程中，大脑无数次奇妙地改变，终于让人类脱颖而出。让我分享一个有趣的现象：人类的大脑颞叶中有六块区域，会对人脸做出反应，大脑对人脸有如此广泛的表征，原因之一就是，对我们而言，人脸是宇宙中最重要的实体。我们从镜子中认出自己，我们通过脸来辨认彼此，所以人脸非常重要。坎德尔举了几个例子："如果我将这杯水倒过来，水会倒出来，但你还是会认出水杯；如果我将一张人脸上下颠倒，你就很难认出这张人脸。但如果你将一个人面部特点，例如尼克松，将其面部特征进行夸张，人们却更容易能认出来。"

我联想到新生的婴儿，虽然他们的视力是模糊的，但是他对人脸格外关注，并能很快认出妈妈。而在声音的世界里，婴儿偏爱说话声，看来人类天生爱社交。除此之外，我们还能学习抽象概念，理解因果关系，我们拥有强大的学习能力，以自己独有的方式探索世界，即使这个世界同我们祖先面对的已有天壤之别。人类一直都在突破自己的局限，创造性地传承知识的同时，也将对这个世界的好奇心和探索的精神代代相传。

科学家们探索和创造着人工智能，也在这个过程中重新认识和理解我们自己的智能。马库斯半开玩笑地说："很多人说我们需要用神经科学来造人工智能，我认为要做好神经科学，我们需要更好的人工智能。大脑是宇宙中最复杂的造物，我们需要得到帮助才能理解它。"我与坎德尔谈及目前神经科学研究最大的挑战，他的回答是："最大的挑战是我们意识的本质！"

原雷丁大学控制学教授，现考文垂大学常务副校长凯文·沃里克（Kevin Warwick），曾将芯片植入到自己的手臂内，从而成为世界上第一个"带着芯片行走的人"。沃里克也为妻子植入了芯片电极，夫妻两大脑连接。当我问这位疯狂的冒险家，你的下一步计划是什么。他的回答是：要在大脑中植入芯片，实现大脑间通信，虽然伴随着风险，但这就是他的下一步计划。

一些未来学家认为，如果我们实现脑机相连，人类就会变得强大、智能超群，并能获得某种形式的永生，既可以看到超级智能出现的那一天，也可以与超级智能抗衡。电影《超验骇客》中，约翰尼·德普（Johnny Depp）饰演的威尔卡斯特博士在临终前，思想被上传到电脑上。"如果技术上允许，你会把你的思想上传到电脑上吗？"我把这个问题抛给了《超验骇客》的主演之一，美国著名演员摩根·弗里曼先生（Morgan Freeman）。弗里曼先生斩钉截铁地回答："不。"他宁可让人写一部回忆录，也不会把自己的记忆和思想交给电脑。我请按照自己的模样造出一个机器人，对仿人形机器人颇有执念的石黑浩教授用三个词定义人工智能未来十年的发展，他说的第一个词便是"意识"："我们拥有意识，但是没人知道我们怎样把这个意识植入到机器人当中，如果我们能够对意识有更好的理解，机器人绝对会更像人类。"

　　无论我们称之为意识，或是思想，或是灵魂，都是人类自己珍贵的宝

我热衷提问，对未知充满好奇。

藏，并且形成了每个人的独一无二性。坎德尔说："我们越了解神经科学的细节，就越能理解人类为什么会存在，解密的过程足够令人满足。"硅谷有一句流行语：理解事物的最好方式就是创造它。我很喜欢罗曼·罗兰的一句名言："人生所有的欢乐是创造的欢乐：爱情、天才、行动，全靠创造这一团烈火迸射出来的。"如果没有创造的话，人们恐怕只是无关紧要地飘浮在地上的影子。我们创造了人工智能，在它们的身上看到了我们自己的希望、想象和恐惧，也深刻感悟到创造之美，以及我们与这个世界相处的另一种可能性，但更让我们发现了人类智能的种种奇妙之处。

我们似乎找到了一些答案，也打开了更多的问题。机器可以被复制，但每个人却是唯一的生命体。我热爱生活，有自己的喜怒哀乐；我喜欢旅行，喜欢欣赏沿途的风景；我热衷提问，对未知充满好奇。每一处风景，每一份经历，都让我有所改变，成为独一无二的自己。弗里曼先生在接受我采访中的一句话让我记忆犹新："人类只要能想得到，就能做得到。"（Anything mankind can imagine, mankind can do.）

我在想，假如人工智能有一天足够聪明的话，它会羡慕人类什么呢，我们乱中求治的能力，我们适应不确定性的能力，我们的好奇心，想象力，创造力，爱？

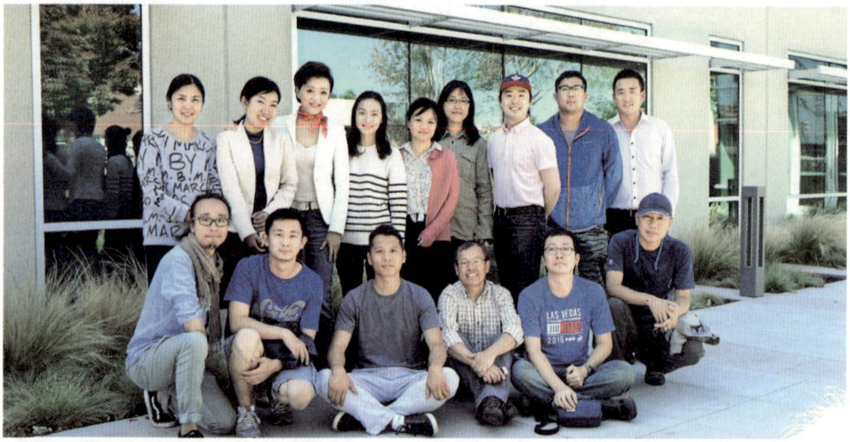

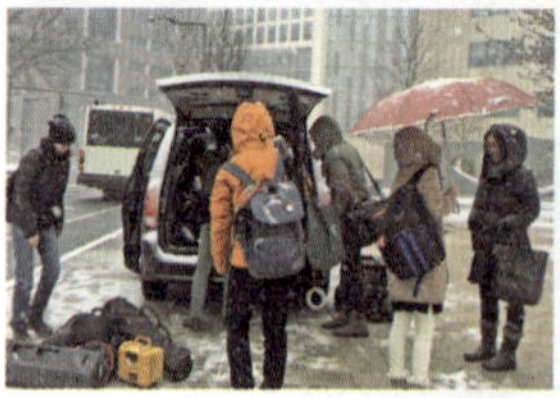

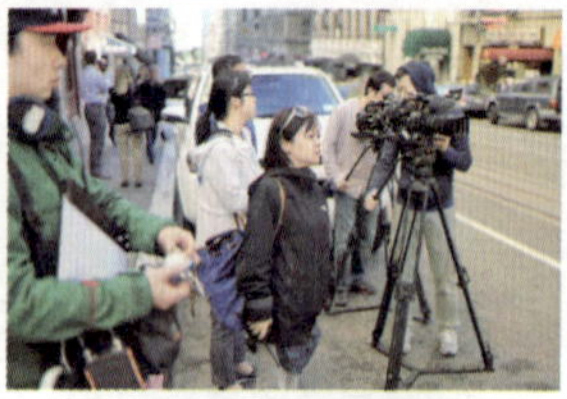

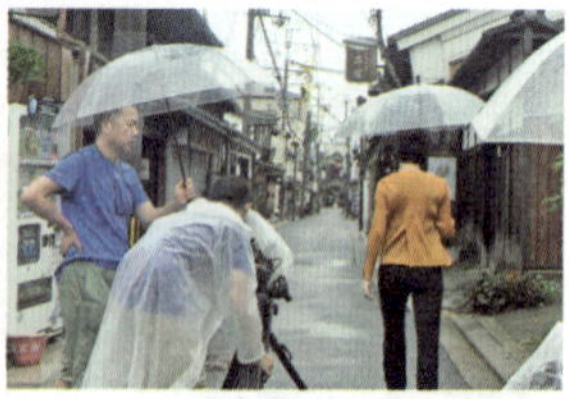

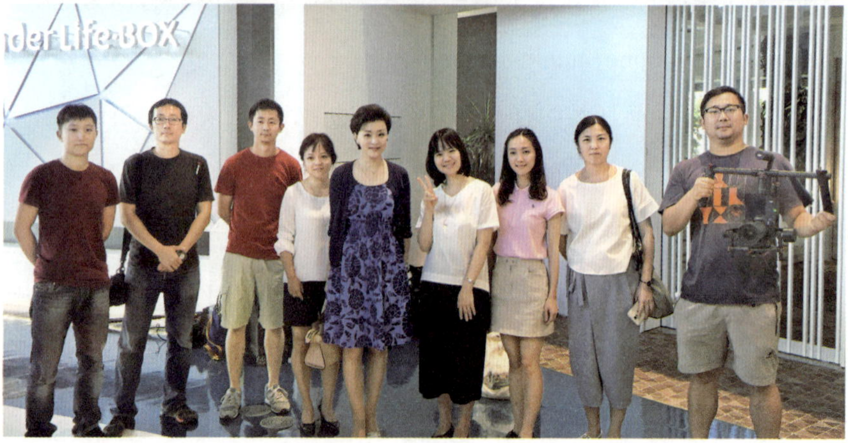
der Life BOX

我 们 的
人工智能
探寻之旅

后　记

　　2016年是《杨澜访谈录》蜕变的一年，从周播电视栏目转向某一领域的深入挖掘与报道。我和我的小伙伴历时一年，跑了五个国家二十多座城市，采访了三十多个顶尖实验室及研究机构的八十多位行业专家，制作出《探寻人工智能》纪录片，于2017年5月在江苏卫视播出，网络同步播出。另外，系列视频短片《人工智能真的来了》在优酷，四个月累积了近2500万点击量。这趟旅程，我们累积了16T，共计150小时的素材，在剪辑纪录片的过程中，我回味和沉浸其中，那么多素材，那么多人物，那么多故事，让我决定将这趟旅程诉诸笔端。

　　用文字重新梳理这趟旅程的过程，各种画面浮现在我的脑海里，感谢这趟旅程中接受我采访的所有专家学者、科研机构和企业。感谢斯坦福大学计算机系终身教授、斯坦福大学人工智能实验室主任、"谷歌云"首席科学家李飞飞教授，我喜欢你那件印有"AI改变世界，谁来改变AI"字样的T恤，佩服你的执着和坚韧。感谢脸书人工智能研究实验室主任扬·乐昆教授，你跟我们分享深度学习和卷积神经网络不平凡的复兴之路时，平静得就像拉家常。感谢微软研究院院长埃里克·霍维茨博士、智能语音专家邓力博士、"谷歌大脑"创始人吴恩达教授、麻省理工学院计算机与人工智能实验室主任丹妮拉·鲁斯教授、中国人工智能学会理事长李德毅院士。感谢创新工场董事长李开复先生与我们分享自己作为青年科学家的历程。感谢诺贝尔生理学或医学奖获得者埃里克·坎德尔教授为我们讲解人脑中奇妙的神经元与突触；感谢 iRobot 公司联合创始人及 Rethink Robotics 创始人罗德尼·布鲁克斯先生、仿人形机器人专家石黑浩教授、东京大学先端科学技术研究中心高桥智隆教授、科大讯飞执行总裁及消费者事业群总裁胡郁先生、微软（亚洲）互联网工程院副院长李笛先生、IBM 大中华区首席技术官沈晓卫先生、IBM 认知计算首席科学家古鲁都斯·巴纳瓦尔先生、牛津大学人类未来研究院院长尼克·博斯特罗姆教授、牛津大学计算机视觉教授菲利普·托尔、英国考文垂大学常务副校长凯文·沃里克教授、法尔茅斯大学计算机创造系西蒙·科尔顿教授、发那科公司董事长稻叶善治先生及专务董事稻叶清典先生、《纽约时报》资深科技记者约翰·马尔科夫先生、硅谷创业家杰瑞·卡普兰先生、出演多部人工智能题材影片的摩根·弗里曼先生，感谢著名艺术家叶永青先生，还有其他未能一一列举的采访嘉宾，感谢你们的慷慨分享，让我们得到如此珍贵的故事素材。

感谢总制片人李志新先生，你让纪录片拍摄没有后顾之忧，作为一个文科生居多又女生居多的剧组的理科生大管家，你辛苦了。感谢总导演刘宏宇小姐，娇小可爱的你总能在现场爆发极大的能量。感谢总统筹王楚婷小姐，心思细腻，一路上排雷解难。这趟旅途还要感谢一起前行的制片人黄桂香女士、谢漪春女士，导演团队周珺、刘斯万、郜妍、张博，与你们一次次头脑风暴、一次次修改，才有了这部不完美但却倾注心血的纪录片。感谢李德毅院士、李开复先生、张亚勤先生、邓瑜先生、余凯先生在我们创作过程中的不吝赐教，纪录片才得以锦上添花。感谢外联导演刘逍然、罗洁、董羽，你们的坚持不懈才有了这八十多位采访嘉宾的分享。感谢摄影师何沛、徐杰、吴昊、张海宁、陈超，录音师张楠、张建玺、Kristian Domingo，灯光师李兴全，剪辑师郭盼盼，你们的经验与创意赋予这部片子生机。感谢商务同事田雷、唐昊、王琦、李孜、陈亚迪，公关部张磊、王希萌、钱坤，还有《杨澜访谈录》的小伙伴翁静莹、董黎明、段志杰，也感谢未能列在这里，为这部纪录片助力过、付出过的工作人员及朋友们。

感谢王雁雁小姐的策划，我们一起合作了《世界很大，幸好有你》和《人工智能真的来了》两本书。感谢我的助理陈丁可小姐，你为我悉心安排行程，又帮我整理书稿。感谢新东方的秦朗老师，梳理了几乎所有的英语采访内容。感谢陆骏璇、张喂喂两位90后的设计师小友，你们的脑洞大开给这本书增添了未来感和科技感。感谢南京大学高阳教授、南京邮电大学胡海峰教授对这本书的热心帮助。真诚感谢贵阳数博会和阳光医疗对纪录片播出的赞助支持。感谢优酷视频对纪录片和这本书的大力支持。感谢江苏凤凰文艺出版社黄小初社长、汪修荣总编辑，凤凰联动张小波先生，你们对这本书的肯定和支持。

图书在版编目（CIP）数据

人工智能真的来了 / 杨澜著. — 南京：江苏凤凰文艺出版社，2017.9

ISBN 978-7-5399-7522-1

Ⅰ.①人… Ⅱ.①杨… Ⅲ.①散文集–中国–当代 Ⅳ.①I267

中国版本图书馆CIP数据核字（2017）第184509号

书　　　名	人工智能真的来了
著　　　者	杨　澜
出　品　人	黄小初
总　监　制	汪修荣　邢　晶
监　　　制	李志新
总　策　划	王雁雁
策　　　划	秦　朗　王楚婷　陈丁可　刘宏宇　翁静莹
责 任 编 辑	孙　茜
特 约 编 辑	张　赟
责 任 校 对	孔智敏
版 面 设 计	李　亚　申　佳
出 版 发 行	江苏凤凰文艺出版社
出版社地址	南京市中央路165号，邮编：210009
出版社网址	http://www.jswenyi.com
印　　　刷	北京市雅迪彩色印刷有限公司
开　　　本	718毫米×1000毫米　1/16
印　　　张	16
字　　　数	195千字
版　　　次	2017年9月第1版　2017年9月第1次印刷
标 准 书 号	ISBN 978-7-5399-7522-1
定　　　价	48.00元

（江苏凤凰文艺版图书凡印刷、装订错误可随时向承印厂调换）

FONGHONG
凤凰联动出品